판다 베어

판다베어

주노(JUNO) 장편소설

팩토리나인

목차

1.

나는 뜨거운 아스팔트 도로를 한참 동안 바라보고 있었다. 라이트를 켠 차들이 그 위를 빠르게 지나갔다. 하지만 내 눈에는 아무것도 들어오지 않았다. 그때 휴대폰 진동이 울렸다. 민주의 메시지였다.

[미안. 이제 오빠가 부담…….]

휴대폰 잠금 해제를 하고 나머지 메시지를 확인했다.

[미안. 이제 오빠가 부담되네. 정말 많이 생각해 봤어. 우리 그만하는 게 좋을 것 같아. 정말 미안해.]

멍해지는 느낌이 들었다. 누군가가 내 머리를 망치로 내려찍은 것처럼……. 눈을 감고 민주를 떠올렸다. 그녀의 손길,

그녀의 미소, 즐겨 입던 티셔츠, 그녀의 목소리……. 눈을 떠서 다시 메시지를 보았다. '부담'이라는 단어가 마치 매직 아이를 보듯 입체적으로 보였다. 평소 큰 의미를 두지·않았던 단어가 지금은 너무나도 날카롭게 나를 찔렀다. 난 그 아픔 때문에 버스 정류장 의자에 앉아, 한참을 더 아스팔트 도로만 바라봐야 했다. 얼마나 시간이 지났는지는 모른다. 아무 생각도 떠오르지 않았다. 겨우 휴대폰을 켜서 답장 버튼을 눌렀다.

〔그래, 잘 지내.〕

"하……."

깊은 한숨이 나왔다. 휴대폰을 주머니에 넣으려는데 진동이 울렸다. 민주의 답장일 거라고 생각하고 휴대폰 액정을 다시 보았다. 하지만 아니었다. 인스타그램 DM(Direct message)이었다. 그러고 보니 DM은 처음 받아보는 것이었다. 민주일지도 모른다는 생각이 들었다. 그녀 외에 나에게 DM을 보낼 사람은 없으니까. 회사에는 내 인스타그램을 알고 있는 사람이 없고, 몇 안 되는 친구들은 인스타그램을 하지도 않는다.

난 서둘러 인스타그램 앱을 켜보았다. 우측 상단에 빨간색 숫자 '1'이 떠 있었다. 그곳을 클릭하니 알 수 없는 사용자가 보였다. 프로필에는 여자 사진이 걸려 있었다. 단발머리에 제법 귀엽게 생긴, 처음 보는 여자의 사진이었다. 나는 "안녕하세요."라는 메시지를 눈으로 읽었다. 분명 스팸 메시지일 것이라는 생각이 들었다. 이런 여자에게 갑자기 연락이 올 리가 없다. 그녀의 프로필을 자세히 확인하는 순간, 난 분명 수렁에 빠져버릴 것이다. 누군가가 나의 약점을 잡은 다음 큰돈을 요구할지도 모른다. 금융 피싱같이.

그런데 왜 이런 DM을 방금 이별한 나에게 보내온 걸까. 순간 누군가가 날 지켜보고 있는 듯한 느낌이 들었다. 주변을 둘러보았지만 버스 정류장에는 여전히 나 혼자뿐이었다. 그때 내가 타야 할 버스가 다가오고 있었다. 사실 같은 버스를 몇 번이나 보내고 이곳에 앉아 있는 것이었다. 퇴근 후의 버스 정류장만큼 기분이 나아지는 곳은 없으니까. 이제 곧 막차도 끊길 테니 다가오는 버스를 타야겠다고 생각했다.

내가 일어서자 버스가 멈췄고, 마치 귀찮아하는 것처럼 거칠게 문이 열렸다. 난 엉덩이를 털고 버스에 올라탔다. 버스 안은 에어컨 때문에 시원했다. 버스에는 세 명의 승객이 타고 있었는데, 고등학생으로 보이는 남학생과 술을 마신 것 같은 중년의 남자 직장인 그리고 나처럼 야근을 한 듯 피곤해 보이는 여자가 있었다. 맨 뒷자리 창가 자리가 눈에 들어와 난 그곳으로 향했다. 본격적으로 여름의 더위가 시작되고 있었다. 천장에 있는 에어컨 조절기를 돌려 최대로 맞추었다. 회사 따위는 잠시 쉬고 휴가라도 가고 싶었다. 딱히 갈 곳은 없지만 뭐, 서울만 아니면 될 것 같았다.

하지만 분명 내일도 출근하는 지하철에 몸을 구겨 넣고 있겠지…… 우울감과 함께 창밖의 뻣뻣한 빌딩들을 올려다보았다. 시간은 오후 10시가 넘어가고 있었고, 여전히 빌딩들은 각각 불빛들을 내뿜고 있었다. 아직도 야근하는 사람들이 있는 것이다. 저 빌딩 속 사람들은 아직도 회사 매출을 올리고, 직급을 올리고, 월급을 올리려고 이 시간까지 있는 거겠지. 그것들이 그들에게는 어떤 의미일까. 그리고 나에게는 어떤 의미일까 생각해 보았지만 모두 무의미하게 다가왔다. 모든 게 이별 탓일지도 모른다. 주머니에서 휴대폰 꺼내 다시 보았다. 민주에게서 답장은 오지 않았다.

버스에서 내려 지하철역으로 향했다. 나는 밤에 지하철을 타는 것을 그리 좋아하지 않는다.(아침이라고 좋은 것도 아니지만.) 밤에는 유난히 지하철 조명이 밝기 때문이다. 이따금 병원 수술실에 들어와 있는 기분마저 들게 한다. 그곳에 어쩔 수 없이 몸을 실어야 하는 나는 어쩔 수 없이 환자가 되는 것이다. 지하철의 빈 의자에 앉아 아까 받은 인스타그램 DM을 다시 보았다. 알 수 없는 그녀의 새 메시지가 굵은 글씨로 떠올라 있었다.

〔고통스럽죠?〕

난 고개를 들어 주변을 두리번거렸다. 역시나 나를 바라보고 있는 사람이나 수상해 보이는 사람은 보이지 않았다. 맞은편에는 술에 취한 아저씨가 좌석을 두 개나 차지하고 깊은 잠에 빠져 있었다. 내 오른편 여자는 피곤한지 눈을 감고 있었다. 건너편 구석에는 노트북을 무릎 위에 올려놓고 키보드를 두드리고 있는 남자도 있었다. 아무도 나를 의식하고 있는 것 같지는 않았다.

내 상황을 아는 듯한 메시지로 보아 분명 새로운 종류의 피싱 범죄 수법일 거라는 생각이 강하게 들었다. 그렇게 생각하니 저절로 미간에 주름이 잡혔다. 언젠가 회사 부장님이 회의 시간에 한 이야기까지 떠올랐다.

'우리나라에서 제일 많이 일어나는 범죄가 뭔지 알아? 바로 사기야.'

내가 이렇게 늦게까지 힘들게 일을 하며 돈을 버는 동안, 누군가는 그런 돈을 쉽게 훔치려고 하는 것이다. DM을 삭제하고 휴대폰을 가방에 찔러 넣었다.

눈이 시큰거려서 질끈 감았다. 민주의 마지막 모습이 떠올랐다. 그게 마지막일 줄은 몰랐다. 둘 다 조금 취해 있었고, 우리는 7호선 이수역 앞에 서 있었다. 그녀가 손을 올려 내게 인사를 했다. 나는 지하철 타는 곳까지 그녀를 데려다주겠다고 말했고 그녀는 그것을 거절했다. 친절한 미소를 지으면서 말이다. 어쩔 수 없이 나는 그것을 받아들였다. 곧 그녀는 에스컬레이터에 몸을 실었고 그녀가 천천히 멀어져 갔다. 아래로 아래로.

그녀가 갑자기 뒤를 돌아 나를 보았다. 나는 오른손을 올리고 미소를 지었다. 그때 그녀가 내게 무슨 말을 했지만 들리지는 않았다. 그녀의 입 모양만이 내게 보일 뿐이었다. 그때 그녀가 마지막으로 건넨 말이 무엇이었을까. 난 왜 그녀가 무슨 말을 한 건지 다시 물어보지 않았을까, 불현듯 생각했다.

눈을 뜨니 멈춰 서는 지하철 창으로 내려야 할 역의 이름이 보였다. 나는 가방을 메고 문 쪽으로 움직였다. 지하철에서 내린 뒤 빠르게 발을 움직였다. 주변을 열심히 두리번거렸지만 수상한 사람은 눈에 들어오지 않았다. 출구로 나오니 '방배역 3번 출구'라는 두꺼운 서체의 글자가 눈에 들어왔다. 그리고 그 옆에는 맥도날드가 나를 반기고 있었다.

2년이 되도록 바뀐 거라곤 없었다. 맥도날드 유리창 안으로 사람들이 몇몇 보였다. 학생으로 보이는 커플, 모자를 푹 눌러쓰고 허겁지겁 햄버거를 먹고 있는 남자, 휴대폰을 보며 기계적으로 감자튀김을 집어 먹고 있는 여자 회사원, 느릿느릿 빗자루질을 하고 있는 여자 종업원.

그대로 지나치려고 했지만, 이상하게 몸은 맥도날드 안으로 향하고 있었다. 스트레스 때문일 거라고 막연히 생각했다. 이 혼란스러움을 감당하려면 높은 칼로리의 음식을 몸 안으로 흡수시켜야 하는지도 모른다.

유리문을 열자 문에 매달려 있는 종이 시끄럽게 울렸다. 그 소리에 계산대 앞에 서 있는 여자 종업원이 썩 반갑지 않다는 표정으로 나를 바라보았다. 그녀의 손에는 휴대폰이 들려 있었다.

나는 그녀에게 다가가 입을 열었다.

"상하이 버거 세트요."

"드시고 가시나요?"

"아니요, 포장해 갈게요."

"더 필요한 건 없으신가요?"

"네, 없어요."

그러고 보니 나는 늘 상하이 버거 세트를 먹었다. 습관적으로 말이다. 하지만 오늘만큼은 후회가 밀려왔다. 상하이 버거는 민주가 내게 추천해 준 버거였기 때문이다. 민주가 추천해 준 후 맛도 있고 해서 다른 걸 시키지 않고 늘 그것만 먹어왔다. 오늘은 다른 걸 주문해야 했다. 하지만 지금 메뉴를 변경하면 앞에 있는 여자 종업원은 분명 나를 저주할 것이다. 그건 더더욱 곤란하다.

다음에 오면 뭘 먹으면 좋을지 천천히 메뉴를 올려다보며 포장을 기다렸다. 맥모닝이 눈에 들어왔다. '맥모닝' 말고 '맥야근' 같은 메뉴는 왜 없는 걸까? 생각하다 보니 어느새 주문한 버거가 나왔다.

종업원은 내게 포장된 버거를 건네며 입을 열었다.

"괜찮으신가요?"

"네?"

나는 잘못 들은 것 같아 주변을 둘러보았으나, 주문을 하려는 사람은 나 이외에는 아무도 없었다. 그녀는 분명 나에게 말하고 있는 것이었다. 나는 그녀에게 말했다.

"저요? 주문이 뭐가 잘못됐나요?"

"아니요, 그게 아니라 눈 주변이 까만데요. 혹시 누군가에게 폭행을 당하고 계시거나, 곤란한 상황인가 해서요."

"아…… 그런 일 없습니다."

나는 당황스러웠지만 애써 입가에 미소를 지으며 손을 올려 눈 주변을 쓸어보았다. 어쩌다 무언가가 묻었는지도 모른다는 생각이 들었기 때문이다. 손을 살펴 보았지만, 아무것도 묻어 나오진 않았다.

"도움이 필요하시면 언제든지 말씀하세요."

"아, 네."

나는 그녀가 무슨 이야기를 하고 있는지 정확히 이해할 수 없었다. 거울을 보고 싶었지만, 주변에는 거울이 보이지 않았다. 내 눈이 어떻다는 말인가. 다크서클이 진하다는 말인가? 그렇다면 그녀가 좀 무례한 거 아닌가? 나는 그녀가 건네는 포장된 버거를 받아 들고 가게를 빠르게 빠져나왔다. 조금 이상한 종업원일 거라고 생각했다.

종업원 때문인지 아니면 오늘 이별을 해서 그런 것인지, 집으로 걸어가는 내내 마음과 몸이 무겁게 느껴졌다. 그리고 이상하게 배가 너무나도 고파왔다. 난폭한 배고픔이라고 생각이 들 정도였다. 나는 들고 있는 햄버거를 꺼내 거리에서 바로 해치우고 싶었지만 그러지는 않았다.

집에 도착해서 가방을 내려놓고 햄버거를 책상에 올려놓았다. 그리고 주방으로 가 물을 틀었다. 차가운 물에 손을 씻으면서 햄버거를 바라보았다. 햄버거가 나를 향해 손짓하는 것처럼 느껴졌다. '어서 나를 해치워 줘!'라고 말하면서 말이다.

정말 순식간이었다. 책상 위 햄버거와 감자튀김은 사라지고 어느새 빈 봉지들만 남아버렸다. 배가 부르니 기분도 좀 나아지는 듯했다. 옷을 벗어 던지고 욕실로 들어갔다. 하수구 냄새가 희미하게 코를 찔렀다. 거울 앞에는 꽤 마른 볼품없는 남자가 서 있었고, 그 남자는 무표정한 얼굴로 샤워기 손잡이를 위로 올렸다. 그리고 물의 온도를 적당하게 맞추기 위해 빨강과 파랑 중간 즈음으로 손잡이를 조정했다. 여름이었지만 그래도 차가운 물로 샤워하는 것은 부담스러웠다. 적당히 미지근한 물이 좋았다. 물 조절을 하는데 맥도날드 종업원의 말이 생각났다.

'눈 주변이 까만데요?'

마치 좀비를 보는 듯한 그녀의 표정이 생생하게 다시 떠올랐다. 거울 가까이에 내 얼굴을 들이밀었다. 눈 아래 다크서클이 진하게 보였다. 최근 지나치게 많이 야근을 한 탓일 것이리라. 그러고 보니 요즘 잠도 부족했다. 정말 내겐 휴식이 필요하긴 했다.

샤워를 마치고 가방 속에서 휴대폰을 꺼냈다. 인스타그램 DM이 또 와 있었다. '끈질긴 놈들이군.' 하고 생각하며 DM을 확인했다.

〔이상한 변화가 생기지 않았나요?〕

나는 고개를 돌려 방을 둘러보았다. 창문은 블라인드로 가려져 있었다. 천장에도 카메라 같은 건 보이지 않았다. 하지만 누군가가 나를 보고 있는 것 같은 이상한 느낌은 사라지지 않았다. 다시 맥도날드 종업원의 말이 떠올랐다.

'눈 주변이 까만데요?'

방 안에 있는 탁상 거울을 들어 눈 주변을 다시 보았다. 나는 그제야 알 수 있었다. 내 눈 아래에 있는 것은 다크서클이 아니었다. 그것은 내가 알 수 없는 다른 '무언가'였다.

***

　지각을 해버렸다. 덕분에 금요일 아침부터 김 과장에게 한소리를 들을 수밖에 없었다.

"오늘 또 야근하면 네 탓이다. 점심시간에 쉬지 말고 일해. 알겠지?"

"아…… 네, 네."

　저 김 양아치는 얼마 전에 과장으로 승진했다. 서른여섯 살의 남자로 머리에 늘 왁스를 바르고, 갈색 면바지에 늘 더러운 구두를 신고 다닌다. 그는 일도 제대로 하지 않고 여직원에게 집적대기 일쑤다. 퇴근하고 거의 매일 술을 마시는 것 같았다. 매일 아침 술 냄새를 풍기며 회의에 참석하기 때문에 알 수 있었다. 술 마신 날 오후에는 여지없이 병든 비둘기처럼 꾸벅꾸벅 졸았다. 이따금 그의 침이 책상에 가득 고이기도 했다. 저런 사람이 나보다 월급을 더 많이 받고 별 탈 없이 승진하다니, 왠지 내 상황이 더 비참하게 느껴지기까지 한다. 게다가 그가 병든 비둘기처럼 졸 때면 내가 그의 일까지 해야만 한다.

019

어제도 김 과장은 사장님께 "죄송합니다."라고 말하며 일찍 퇴근했다. 교제 중이던 여자와 결혼하기로 했다며 신혼집을 알아보러 간다고 했다. 하지만 분명 술을 먹으러 가는 듯했다. 오늘도 풍겨오는 술 냄새가 내 예상이 맞았다는 걸 알려주었다. 김 과장은 오전부터 꾸벅꾸벅 졸다 일어나, 책상 위에 놓인 담배를 들고 밖으로 나갔다.

잠시 뒤 그가 돌아왔을 땐 한층 얼굴에 생기가 돌았다. 그는 내게 다가와서 컴퓨터 화면을 보며 말했다.

"오, 빨리했는데? 내 것도 네가 좀 해."

그는 다시 자리에 돌아가 인터넷 쇼핑을 하기 시작했다. 그가 나에게 왜 이러는지는 모른다. 하지만 그가 처음부터 이런 건 아니었다. 입사 초기에는 퇴근하면 술도 사주고 상냥하게 굴었지만, 내가 술을 잘 마시지 못하고 말도 별로 없자 그의 얼굴은 점점 굳어갔다. 잘못 말린 찰흙 인형처럼. 그래도 종종 그와 술을 마시러 갔는데, 어느 날은 그가 2차로 단란주점에 가자고 했다. 난 정중히 거절했다. 그 후로 그는 나에게 술을 마시러 가자고 권하지 않았다.

그의 여자 친구를 실제로 본 적이 있다. 오래간만에 정시 퇴근한 날이었고, 회사 근처의 시립도서관에서 빌린 책을 반납하고 나오는 길이었다. 그가 청순하게 보이는 여자의 허리를 감싸고 어디론가 가는 게 눈에 들어왔다. 저런 여자가 왜 저딴 남자를 만나는지 나로서는 전혀 이해할 수가 없었다. 그리고 김 과장이 퇴근 전, 왜 꼭 양치를 하고 나가는지 그날 알 수 있었다.

　김 과장의 결혼 날짜는 아직 정해지지 않았다. 어쩌면 1년이 지나도 결혼식은 올리지 않을지도 모른다는 느낌이 든다. 그가 결혼식 준비로 자리를 비우면 일은 당연히 내가 다 떠맡게 되어 있다. 요즘은 정말 화장실에 걸린 휴지가 된 듯한 기분이 들었다. 사장님도, 부장님도, 과장도 거래처 고객들도 모두 각종 더러운 것들을 풀어버리고는 쓰레기통으로 슉! 정말 쉽다.

　회사에서 나와 딱히 친한 사람은 없다. 나는 담배도 피우지 않고 술도 좋아하지 않는다. 그 때문인지는 모르지만 어느 순간부터는 회사 사람들이 나를 빼놓고 점심을 먹으러 갔다. 그들도 나도, 오히려 그게 편하고 좋았다. 나는 회사 안에서 그들이 빠져나간 뒤 간단히 샌드위치나 땅콩 잼이 가득 든 빵을 먹거나 했다. 그 시간의 회사는 마치 동영상을 일시 정지해 놓은 것만 같다. 그곳에서 움직이는 건 오로지 나뿐이다. 나는 종종 빈 사무실에서 춤도 추고 크게 욕도 해보았다. 괜히 김 과장의 책상 앞에서 가운뎃손가락을 펴보기도 했다.(그래도 그의 커피에 침을 뱉거나 하지는 않았다.)

오늘 점심시간에도 나를 두고 모두 나가버렸다. 나는 회사 옆 편의점에 가서 샌드위치와 우유를 사 왔다. 샌드위치를 한 입 물려고 하는데 휴대폰이 울렸다. 나는 민주를 떠올리며 바로 확인했다. 그러나 또 알 수 없는 그 사람의 DM이었다.

샌드위치를 내려놓고 인스타그램을 켰다.

〔출근 잘 하셨나요? 괜찮으신가요?〕

그 메시지를 보는 순간 식욕이 가셨다. 더 이상 참을 수가 없었다. 나를 놀리는 것 같은 느낌마저 들어 답장을 보내기로 했다.

〔누구시죠?〕

메시지 창에 내가 입력한 글자가 뜨자, 기분이 좀 나아졌다. 하지만 답장은 점심시간 내내 오지 않았다. 오후, 일하는 중간중간 화장실에 가서 인스타그램을 켜보았지만, 답장은 올 기미가 없었다. 어느 순간 난 알 수 없는 여자의 DM을 집요하게 기다리고 있었다.

***

금요일이지만 밤 9시가 넘어서 퇴근을 했다. 김 과장은 오늘도 결혼 준비로 일찍 자리를 떴지만, 난 일을 빠르게 처리하고 나왔다. 중요한 프로젝트가 어느 정도 마무리되어 가고

있었다. 다음 주면 정시 퇴근을 하는 날이 생길지도 모른다. 그리고 다행히도 이번 주말은 쉴 수가 있다. 불현듯 원래 이번 주말에는 민주와 미술관에 가기로 했었다는 것을 떠올렸다. 미리 구매해 놓은 표도 아마 집 서랍 어딘가에 잠들어 있을 것이다. 내일 딱히 할 게 없으니 혼자라도 미술관에 가야겠다고 생각했다.

퇴근길, 버스 정류장에 앉아 또 멍하니 아스팔트 도로를 바라보고 있는데 주머니 속 휴대폰이 울렸다. 인스타그램 DM 답장이었다. 나는 빠르게 확인했다.

〔저는 당신의 비밀을 알고 있어요.〕

나는 또 고개를 돌려 주변을 둘러보았다. 외국인 한 명이 이어폰을 끼고 달리며 버스 정류장을 지나가고 있었다. 그가 입고 있는 스포츠용 러닝은 흠뻑 젖어 있었다. 나는 DM 답장 버튼을 눌렀다.

〔저를 아시나요?〕

'알 수 없는 그녀(왠지 여성일 것 같은 생각에 나는 그녀라 칭하기로 했다.)'는 이번에는 빠르게 답장을 주었다.

〔그렇다고 볼 수 있죠. 자세히 설명해 드릴 수는 없지만.〕

〔장난치지 마세요. 그럴 기분이 아닙니다. 다시는 메시지 보내지 말아주세요.〕

〔불쾌하셨다면 죄송해요. 제가 워낙 조심성이 없어서. 전 당신을 해치려고 연락한 게 아니에요. 그저 도움을 드리고 싶어서 연락했어요.〕

〔괜찮습니다.〕

〔당신의 얼굴에 이상한 변화 같은 게 느껴지지 않나요?〕

〔그런 거 없습니다.〕

〔그럴 리가요. 음…… 혹시 눈 주변에 변화가 있지 않나요?〕

눈 주변의 변화? 메시지를 보낸 누군가는 정말 나를 알고 있는 것 같았다. 놀랐다기보다 기분 나쁠 정도로 소름이 돋았다. 내가 답장이 없자 곧 그녀의 새로운 메시지가 액정 안에 떠올랐다.

〔자세한 건 만나서 이야기하는 게 좋을 겁니다.〕

답장을 쓰려는데 버스가 왔다. 오늘은 바로 그 버스에 올라 자리에 앉았다. 버스가 천천히 움직이자 답장을 보내는 걸 그만둬야겠다고 마음이 바뀌었다. 좀 더 생각할 시간이 필요했기 때문이다. 그녀가(혹은 그 또는 그들이) 나를 어떻게 알았을까? 어쩌면 어제 만난 맥도날드 종업원이 나의 정보를 팔아버린 게 아닐까? 아니면 회사의 누군가가 나에게 장난을 치고 있는 건 아닐까? 여러 생각이 머릿속에 가득 찼다. 그 찝찝한 생각들과 함께 난 집으로 향했다.

집 앞 편의점에서 컵라면과 삼각김밥을 샀다. 아까 야근을 하면서 저녁을 먹었지만 이상하게 배가 다시 고파왔다. 계산 후 편의점 안에 서서 그것을 입 안에 넣었다. 창밖, 도로에는 금요일이라 그런지 차들이 평소보다 많아 보였다. 마치 사탕을 발견한 개미 떼 같았다. 다들 어디론가 주말을 즐기러 가는 것이리라. 편의점을 나오면서 감자 칩 하나와 캔 맥주 두 개를 더 샀다. 일단 오늘은 이 캔 맥주를 마시고 아무 생각 없이 깊은 잠에 빠질 것이다.

집에 도착해서 가방과 옷을 침대 위로 던졌다. 그리고 욕실로 들어갔다. 찝찝한 생각들을 씻어내고 싶었다. 샤워기 물을 틀어놓고 거울로 가서 내 얼굴을 보았다. 그때 뭔가 잘못되었다는 걸 알았다. 그 사실은 꽤 무감각하게 다가오다가 점점 커다란 충격과 감당할 수 없는 문제로 바뀌었다.

아침에는 분명 지겹게 봐온 사람의 얼굴이었는데, 지금은 티브이에서만 봤던 판다 얼굴로 변해 있었다.

"악!"

나도 모르게 비명을 지를 수밖에 없었다. 그 상황에서도 옆집에서 내 비명을 듣고 문을 두드릴지도 몰라 입을 틀어막고 한참을 거울을 바라보았다. 내 얼굴은 털로 뒤덮여 위화감을 주고 있었다.

나는 손을 올려 얼굴을 만져보았다. 부드러운 털이 만져졌다. 얼굴에서 떼어낸 손에서 하얀 털이 수북하게 빠져 욕실 타일 바닥에 떨어졌다. 꿈을 꾸는 듯했지만 현실이었다.

욕실을 빠져나와 휴대폰을 집었다. 그리고 DM을 보내온 알 수 없는 그녀에게 메시지를 썼다. 그녀는 알고 있었다. 내

얼굴이 이렇게 변할 거라는 걸.

그녀는 내 메시지를 기다렸다는 듯이 바로 답장을 보내왔다.

〔내 얼굴이 변할 거라는 걸 알았죠?〕

〔이제 좀 궁금하신가요?〕

〔제게 어떤 일이 일어나고 있는 건가요? 왜 이렇게 된 거죠?〕

흥분해서인지 손이 떨리고 있었다.

〔일단 만나서 이야기하죠. 지금 강남역으로 오세요. 저를 만나면 당신의 궁금증이 풀릴 거예요.〕

〔알겠습니다. 강남역 어디로 가면 되죠?〕

〔10번 출구. 얼마나 걸리죠?〕

〔택시 타면 20분 내로 갑니다.〕

〔그럼 기다리고 있을게요.〕

휴대폰을 내려놓고 다시 옷을 입었다. 그리고 휴대폰을 가방에 찔러 넣었다. 책상 위에 놓아둔 맥주에 물방울이 맺혀 있는 게 보였다. 구두에 발을 넣고 현관문을 나서려는 순간, '사람들이 지금 내 얼굴을 보고 놀라면 어쩌지?' 하는 생각이 들었다. 가릴 것이 필요했다. 난 다시 방 안으로 들어가 옷장 문을 열었다.

강남역에 도착하니 밤 10시가 넘어 있었다. 금요일 밤이라

10번 출구 앞에는 사람이 넘쳐났다. 술에 취해서 걷는 사람들, 술에 취하기 위해 걷는 사람들, 쇼핑을 하기 위해 걷는 사람들……. 그들은 변한 나의 모습에 크게 관심이 없는듯했지만, 나는 그 사람들을 피해 골목에 몸을 숨겼다. 일단 집에 있는 목도리로 얼굴을 칭칭 감았지만 별 효과는 없어 보였다.

오는 길에는 내가 탄 택시의 기사가 걱정스러운 눈빛으로 백미러를 계속 바라보았다. 나는 그를 안심시켜야 할 것 같아 먼저 입을 열었다.

"아르바이트예요. 하하."

"아, 열심히 일하는 젊은이구먼. 그런 아르바이트는 시급이 어떻게 돼요?"

"최저 요금이죠, 뭐. 하하."

"어휴, 세상 참……. 최저 시급을 더 올려줘야 할 텐데 말이야. 이렇게 열심히 일하려는 자세를 가진 훌륭한 젊은이가 있는데 말이야."

나는 골목에 숨어 출구 쪽을 지켜보며 메시지를 보내온 그녀를 찾으려고 한참을 두리번거렸다. 내가 알고 있는 건 그녀의 프로필 사진뿐. 하지만 그녀로 보이는 사람은 보이지 않았다. 휴대폰을 꺼내 그녀에게 도착했다고 DM을 보냈다. 하지만 답장은 없었다. 역시 사기였던 걸까? 우연히 나의 얼굴이 변한 것과 메시지 내용이 맞아떨어진 것일지도 모른다.

그때 등 뒤에서 누군가가 손가락으로 나를 가볍게 톡톡 쳤다. 뒤를 돌아보니 긴 생머리의 여자가 서 있었다. 인스타그램 프로필 사진과는 전혀 다른 외모의 여자였다.

"오! 정말 판다 얼굴이군요?"

그녀는 미소를 지으며 말했다. 그녀는 키가 제법 컸다. 165cm는 훌쩍 넘을 것 같았다. 화장기 없는 얼굴이었는데 10대인 듯 보이기도 했다. 짙은 남색의 원피스를 입고 있었고, 샛노란 접이식 우산을 손에 들고 있었다. 비가 전혀 오지 않는데 이상하게 그 우산은 젖어 있었다.

나는 그녀를 향해 고개 숙여 인사를 하고 입을 열었다.

"안녕하세요……. DM 보내신 분?"

"네! 저예요. 판다 님은 멀리서도 눈에 딱 띄네요! 그래서 바로 찾았죠."

"아, 프로필하고 좀 달라서 놀랐어요."

"그런 말 하는 건 실례인 거 몰라요? 자, 그럼 따라오세요."

그녀는 나를 잠시 째려본 뒤, 뒤를 돌아 걷기 시작했다. 난 악의는 없었지만 솔직하게 말한 것에 조금 미안한 마음이 들었다. 난 그녀를 따라 걸으며 물었다.

"아, 어디로 가죠?"

"금요일인데 한잔해야죠."

"네? 이 얼굴로요? 이봐요, 저기……."

그녀의 다리는 생각보다 빠르게 움직였고, 난 얼굴을 가리고 열심히 속도를 맞추며 말을 걸었다.

"저기요, 저는 지금 얼굴이 판다라서 사람들이 저를 보고 놀랄까 봐 걱정되거든요? 여긴 사람이 가장 많은 강남이라고요."

"거참, 걱정 많으시네. 일단 따라와요."

그녀는 다시 빠르게 걸어갔다. 그녀는 프로필 사진과 외모는 달랐지만 그래도 귀여운 여자였다. 짧은 원피스 때문에 그녀의 가느다란 다리가 유독 돋보였다. 그래서인지 주변의 남자들이 그녀를 보기 바빴다. 뒤에 따라가는 30대 판다 아저씨 따위에게는 눈길도 주지 않았다. 그녀의 젖은 우산이 멈춰 선 곳은 작은 편의점 앞이었다.

그녀가 편의점 유리문을 밀며 말했다.

"여기예요."

"네? 편의점은 왜……."

"따라오기나 해요."

그녀가 문을 열고 들어서자 계산대에 있던 나이 든 남자가 가볍게 손을 올려 그녀를 향해 인사를 했다. 배가 꽤 많이 나온 그 남자는 60대 정도로 보였는데 매우 졸려 보이는 눈을 하고 있었다. 어쩌면 그녀의 아버님일지도 모른다는 생각이 들어서 난 그에게 정중하게 허리를 굽혔다. 남자도 나에게 고개 숙여 인사를 했고 희미하게 미소를 지었다. 그의 누런 이가 내 눈에 선명하게 비쳤다.

그녀는 과자가 진열된 곳을 지나 음료 판매대로 갔다. 난 그녀를 따라 그곳으로 갔다.

"자. 맨정신에는 조금 힘들 수도 있으니 일단 한잔씩하죠! 뭐든 좋아요. 제가 살게요."

"아무거나요?"

"빨리요. 시간이 없어요."

나는 집에 놓고 온 맥주가 생각이 났고 마침 그 맥주가 눈에 들어왔다. 난 망설임 없이 그 맥주를 골랐다. 그녀도 나와 똑같은 맥주를 꺼내고 냉장고 문을 닫았다. 그러고는 냉장고 반대편에 있는 안주 판매대에서 쥐포를 하나 집고, 계산대로 가서 그것들을 내려놓았다. 계산대의 남자는 능숙하게 바코드를 찍었다.

계산 후 그녀는 편의점을 나가지 않고 다시 냉장고 쪽으로 걸어가 계산대 앞에 서 있는 나를 향해 검지를 구부리며 말했다.

"판다 님, 뭐 해요? 여기로 오세요."

그녀는 직원실 문을 열고 나를 부르고 있었다. 나는 뭔가 이상하다고 생각했지만 그녀가 있는 쪽으로 걸어갔다. 문에는 "직원 외 출입금지"라는 빨간 글자가 선명하게 적혀 있었다. 그 창고 안에는 과자 상자들이 나름의 법칙을 가지고 쌓여 있었다. 매장 내부를 찍고 있는 CCTV 모니터가 켜져 있는 것이 보였다.

모니터를 보니 계산대를 지키던 남자는 어느새 의자에 앉아서 눈을 감고 있었다. 조는 것일까, 일부러 눈을 감은 것일까. CCTV 모니터 옆에는 청소 도구로 보이는 것들과 캐비닛 두 개가 놓여 있었다. 희미하게 지하실 냄새가 풍겨왔다. 그녀는 불을 켜고 CCTV 모니터 앞 의자에 앉았다. 나도 의자를 찾아 두리번거렸지만 앉을 곳이 시야에 들어오지 않았다.

그녀가 말했다.

"거기 그냥 상자에 대충 앉아요."

"무너질 것 같은데……."

"아니, 과자 상자 말고, 저기 음료 상자."

그녀가 가리킨 곳엔 음료 상자들이 있었다.

"아아."

나는 콜라가 묶음으로 담겨 있는 상자에 걸터앉았다. 그리고 그녀에게 물었다.

"이런 곳에서 이야기를 하나요?"

"시끄러운 강남 술집보다 낫지 않나요?"

"그건 그렇지만, 여기가 부모님 가게인가 보죠?"

"그건 아니고요. 친한 사람의 가게이니 마음 편히 있어도 돼요."

그녀는 들고 있던 우산을 바닥에 내려놓았다. 우산의 물기가 시멘트 바닥을 금세 어둡게 적셨다. 그녀가 내게 맥주 하나를 따서 건넸다. 난 조심스럽게 받아 들었다.

"자, 건배."

그녀는 자신의 맥주를 마저 따고서 말했다. 난 들고 있던 차가운 맥주를 그녀의 캔에 부딪쳤다. 통 하는 소리가 작게 울렸다.

"자, 원샷"

"이걸요?"

"시간이 없어요."

그녀는 손목에 찬 시계를 보며 말하고는 단숨에 맥주 한 캔을 목 안으로 털어 넣었다. 바라만 봐도 목이 따가웠지만 나도 바로 맥주를 들이켰다. 생각보다 목이 따갑지 않았고 부드럽게 넘어갔다. 마시면서 그녀가 왜 이렇게 시간이 없다고 하는 걸까 생각해 보았다. 어쩌면 그녀는 12시 전에 집에 가야 하는지도 모른다. 마치 유리 구두를 잃어버린 신데렐라처럼.

맥주는 예상대로 시원했고 그만큼 기분을 나아지게 해주었다. 이제 손이 떨리지는 않았다.

"궁금한 게 많으실 텐데 물어보세요."

그녀가 맥주 캔을 조금씩 찌그러트리면서 말했다.

"당신은 제 얼굴이 변하는 걸 어떻게 아신 거죠?"

"제가 일하는 곳에서 정보를 주었어요."

"저를 감시하고 있다는 뜻인가요?"

"감시하지 않아도 알 수 있는 기술력이 저희에겐 있어요. 저희를 하나의 기업이라고 생각하면 돼요. 그곳에서 정보를 받았죠. 곧 판다 머리를 한 남자가 나타날 거라는 걸."

"아…… 그럼 당신이 일하는 곳에서 저를 원래 얼굴로 돌려줄 수 있다는 말씀인가요?"

"그래요."

"치료 약 같은 게 있으신 건가요? 그 약은 대략 얼마죠?"

"후후후! 얼마 있으신데요?"

"그게…… 제가 월급도 적고 집도 월세라 큰돈은 좀……."

"돈은 필요 없어요. 대신 시간이 필요해요. 저와 어디론가 가야 합니다."

"아실지 모르겠지만 저는 직장인이라 주말이 지나면 출근해야 해요. 다음 주에 중요한 프로젝트도 있고……."

"판다 님의 일정은 대략 알고 있어요. 잘만 되면 일요일 밤에 돌아올 수 있을 거예요. 일단, 이번 주말 스케줄은 없으시죠?"

나의 이별에 대한 정보는 그녀가 아직 모른다는 생각이 들었다. 그리고 보면 가장 최근의 일이니까. 굳이 말할 필요는 없을 것 같아 난 최대한 차분하게 대답했다.

"뭐, 이번 주말은 약속이 없습니다."

그녀는 뭔가 알아차린 듯이 어색하게 쥐포 포장지를 만지 작거리며 입을 열었다.

"중요한 사실이 한 가지 더 있어요."

"뭐죠?"

"일단 맥주 한 캔 더 마시는 게 어때요? 안주도 남아 있고 말이에요."

그녀는 쥐포 포장지를 뜯어 한 조각을 입에 넣었다.

"좋습니다. 이번에는 제가 사 올게요."

"고마워요. 정말 죄송한데 제가 담배가 떨어져서 그런데 혹시 담배도 하나 사다 주실 수 있나요?"

"혹시 학생은 아니시죠?"

"제가 동안이라는 소리는 자주 듣죠. 말보로 멘솔 담배로 부탁드려요."

나는 냉장고 문을 열고 방금 마셨던 맥주 두 개를 꺼내 들 었다. 계산대로 걸어가면서 무거워진 머리를 몇 번이고 흔 들었다. 이곳은 이상하리만큼 손님이 없었다. 강남에 이렇게 장사가 안 되는 편의점이 있다는 게 신기할 정도였다.

계산대 안의 남자는 어느새 일어나 웃으며 나를 바라보고 있었다. 내가 계산대 앞에 맥주를 내려놓자 그가 능숙하게 바코드를 찍었다. 나는 지갑을 꺼내 신용카드를 내밀면서 그에게 말보로 담배 한 개도 같이 달라고 했다. 남자는 등 뒤에 있는 담배들을 한참 살펴보다 겨우 내가 말한 담배를 꺼내주었다. 난 계산한 물건과 카드를 받고 그에게 고개를 숙였다. 그도 내게 인사를 하고는 다시 플라스틱으로 된 의자에 앉았다.

직원 휴게실로 걸어가다 뒤를 돌아보니 남자는 다시 눈을 감고 잠이 든 듯 보였다. 내가 창고 문을 노크하고 들어가자 여자가 쥐포를 씹으며 휴대폰을 내려다보다가 고개를 들었다.

난 담배를 흔들며 입을 열었다.

"이 담배 맞죠?"

"맞아요, 고마워요. 판다 님도 담배를 피우시나요?"

"아니요, 전 끊은 지 꽤 됐어요."

"굉장한데요."

그녀는 내가 건넨 담배를 받으며 말했다.

"근데, 당신의 이름은 뭐죠? 제가 뭐라고 불러야 하죠?"

"진이라고 불러주세요."

"진?"

"네, 더 궁금한 것은 없나요?"

"계산대에 계신 분은 누구죠?"

"아, 그분은 우리 회사 신입이에요."

"선배가 아니고요?"

"이봐요, 판다 아저씨, 저 이래 봬도 꽤 높은 직급에 있다고요. 우리 회사는 나이가 중요하지 않아요. 나이가 많아도 신입은 대부분 편의점 아르바이트부터 시작하죠."

난 CCTV 모니터로 계산대의 남자를 보았다. 그는 시들어버린 야채처럼 의자에 앉아 꾸벅꾸벅 졸고 있었다. 진은 다시 입을 열었다.

"저분은 돈이 꽤 많은 부자라고 들었는데, 어느 날 머리가 원숭이로 변했다고 하더라고요. 판다 님이 판다 얼굴이 된 것처럼요. 그래서 저희가 도와드리고, 그 후 우리 회사에 입사하신 거예요."

"왜죠?"

"그것까진 알 수 없어요. 근데 재미있죠? 저렇게 보면 그저 평범한 할아버지일 뿐인데 말이죠."

진이 CCTV 모니터로 잠든 남자를 바라보며 말했다. 부자라는 저 남자가 왜 아르바이트를 하고 있는 건지 나로서는 이해하기 힘들었다. 난 들고 있던 맥주를 따서 그녀에게 건네며 말했다.

"저도 저분처럼 원래 얼굴로 돌아갈 수 있는 게 확실한가요?"

"그럼요, 절 믿으세요."

진은 이번에도 새로 사 온 맥주를 단숨에 들이켰다. 그리고 그 캔을 찌그러트려서 휴지통에 던졌다. 빈 깡통은 아주 정확하게 휴지통 안으로 들어가 버렸다. 나도 어쩔 수 없이 빠르게 맥주를 들이켜고는 빈 캔을 찌그러트려서 쓰레기통에 버렸다.

"자, 그럼 갈까요?"

진이 바닥에 놓인 젖은 우산을 다시 들었다.

"아까 중요한 사실이 한 가지 더 있다면서요?"

"그건 그냥 맥주 한 캔 더 마시고 싶어서 말했던 거예요."

"아……."

"어서 가시죠."

"그런데 지금 멀리 가는 건가요? 부산? 제주도? 설마 해외? 그렇다면 여권을 가져왔어야……."

"그런 건 필요 없어요."

나는 서둘러 가방을 다시 어깨에 멨다. 밖으로 나가는 문을 향해 걸어가는데, 진이 나를 멈춰 세웠다.

"아아, 그쪽 아니에요."

"네?"

"여기, 여기."

진은 철제로 된 캐비닛을 가리키고 있었다. 나는 그녀의 말을 이해할 수 없었다. 진은 나의 황당한 표정을 보며 철제 문을 열었다. 문은 '컹!' 하는 소리와 함께 덜그럭거리면서 열

렀다. 그 안에는 아무것도 들어 있지 않았다. 그저 어둠만이
차 있었다.

"저기로 들어가라고요?"

"그래요."

"농담하지 마세요, 늦었다면서요. 빨리 가죠."

"이번엔 농담 아니에요. 빨리 들어가세요."

"여기를요? 여기 들어가면 영화처럼 막 우주 같은 곳을 지
나 다른 행성으로 가는 건가요?"

난 웃으며 말했다.

"들어가기나 해요."

나는 속는 셈 치고 캐비닛 안에 몸을 구겨 넣었다. 그 공간

은 성인 남자 한 명이 겨우 들어갈 크기였다. 내가 몸을 완전히 넣자 진은 캐비닛 문을 쾅 닫았다. 안에서는 희미하게 레몬 사탕 향이 났다. 나는 눈을 감았다가 떠보았지만 보이는 건 어둠뿐이었다. 갑자기 어릴 적, 옷장에 숨고는 했던 기억이 떠올랐다. 어릴 적 옷장 안에 숨어서 누군가를 놀라게 하려다 그만 그곳에서 깊은 잠에 빠져버리곤 했었다. 답답할 것만 같았던 캐비닛 안은 그때의 옷장 안처럼 편안했다.

잠시 후, 옆의 캐비닛 문이 열리는 소리가 들려왔고 또 문이 닫히는 소리가 났다.

캐비닛 안에서 생각했다. 뭐가 어떻게 흘러가고 있는 거지? 난 왜 강남의 한 편의점 캐비닛 안에 몸을 구겨 넣고 있는 거고? 옷장, 시골의 밤, 깊은 동굴, 고장 나버린 가로등, 불 꺼진 나의 자취방…… . 그런 장소에 대한 감상들이 빠르게 스치면서 나라는 존재를 가득 채웠다. 그리고 이내 나는 어둠이 되었다. 어둠…… .

2.

느낌상 5분 정도가 지난 것 같았다. 옆 캐비닛이 다시 열리는 소리가 났고 난 그 소리에 눈을 떴다. 여전히 나는 어둠 안에 있었다. 하지만 기분 탓인지 지금의 어둠은 아까와는 다르게 느껴졌다. 희미하게 났던 레몬 사탕 향도 사라지고 없었다. 그때 그녀가 캐비닛 문을 활짝 열었다. 갑자기 들어온 빛 때문에 눈이 부셔 나도 모르게 손으로 눈을 가렸다. 서서히 빛에 익숙해지자 진이 무표정한 얼굴로 나를 내려다보고 있는 것이 보였다.

"뭐 해요. 나오세요."

역시 그녀가 장난을 치고 있는지도 모른다고 생각했다. 일단 캐비닛 밖으로 힘겹게 몸을 빼냈다.

"휴……."

캐비닛 안에서 몸을 빼내니, 이상하게 피곤함이 느껴졌다. 그리고 믿기 힘든 사실을 또 한번 마주해야만 했다. 아까와는 전혀 다른 공간에 내가 서 있었기 때문이었다. 분명 이곳도 창고 같은 곳이었지만 쌓여 있는 물품들과 공간의 크기, 구조가 모두 달랐다. 공기 중에 풍기는 냄새도 바뀌어 있었다.

"여긴 어디죠? 대체 어떻게 장소가……. 말도 안 돼."

나는 주변을 두리번거리며 말했다.

"천국이에요."

"그럼 제가 죽었다는 말씀입니까?"

"농담이죠. 자세한 건 가면서 이야기해요. 자, 내 손 잡아요."

그녀는 내게 손을 내밀었다. 그 손은 가느다랗고 하얬다. 놀라서인지 떨려서인지 내 귓가에 심장 소리가 들려오는 듯한 느낌이 들었다. 나는 머리를 긁으며 말했다.

"아, 어떻게 처음 본 여자의 손을……."

그녀는 대답 대신 내 손을 잡고 확 이끌었다. 그녀의 손은 부드럽고 차가웠다. 나는 그렇게 알 수 없는 창고를 빠져나왔다. 그녀의 손 때문에 내 손도 차가워졌지만, 얼굴은 매우 뜨거워져 있었다. 하지만 판다의 얼굴은 홍당무처럼 되지 않는다는 걸 떠올렸다. 다행인시 아닌지는 모르겠다. 일단 그녀를 따라 열심히 발을 움직였다.

창고를 빠져나오자 편의점의 모습이 보였다. 하지만 진열된 상품들은 캐비닛에 들어가기 전에 보았던 것들과 달랐다. 컵라면에도 과자 포장지에도 모두 귀여운 동물 캐릭터가 들어가 있었는데, 보는 것만으로도 살짝 기분이 좋아졌다.

정말 다른 세상에라도 온 것일까? 혼란스러웠다. 나는 그것들을 빠르게 훑어보면서 다리를 움직였다. 그녀는 계산대 앞의 사람에게 손을 들어 인사했다. 계산대에는 머리가 긴 젊은 남자가 서 있었다. 꽤 마른 사람이었는데 얼굴에는 웃음기가 없었다. 나는 그에게 고개 숙여 인사했다. 하지만 그는 나를 날카롭게 쩌려볼 뿐이었다.

"이곳은 생각보다 위험해요. 여기서는 제 손 절대 놓지 말아요."

진은 편의점 앞에서 말했다.

"여기가 대체 어디죠? 어디 가는 겁니까? 설명을 좀……."

"그건 나중에 설명할게요. 일단 빨리 와요."

밖으로 나서자 비가 내리고 있었다. 진은 들고 있던 노란색 우산을 펼쳤고 나는 그녀가 씌워준 우산 속에서 열심히 주변을 둘러보았다. 캐비닛 속에 들어갔다가 그대로 나왔으니 여기는 강남 번화가여야 했다. 하지만 이곳도 내가 알던 강남의 모습이 아니었다. 빌딩의 모습들은 비슷하게 보였지만, 간판들은 모두 귀여운 동물 캐릭터로 디자인되어 달려 있었다. '아, 진은 아까 이곳에 있다가 온 거구나.'

길에는 많은 사람이 보였다. 그중에는 나처럼 동물의 얼굴을 한 사람들도 있었고 평범한 모습의 사람들도 있었다. 다들 다양한 색깔의 우산을 들고 어디론가 향하고 있었다.

진은 나에게 우산을 씌워주었지만 하나의 우산을 같이 썼기에 어쩔 수 없이 내 옷은 금세 젖어버렸다. 그녀는 무언가에 쫓기는 듯 빠르게 걸어갔고, 난 영문도 모른 채 속도를 맞춰야만 했다. 주변을 보지 않고 걸으려고 했지만, 쉽지 않았다. 기묘한 얼굴의 사람들, 신기한 건물들이 자꾸 내 시야에 담겼다. 거리 사람들은 나와 그녀를 의식하는 듯 보였다. 아니, 그녀보다 나를 바라보고 놀라는 것 같았다. 어떤 사람들의 목소리가 들려오기도 했다.

"저기 봐. 판다야!"

"판다 얼굴은 처음 봐."

"어머, 너무 귀엽다."

어떤 사람은 카메라를 들이밀며 말을 걸어오기도 했다.(그의 얼굴은 킹콩 얼굴이었다.)

"저기! 안녕하세요. 인터넷 BJ 킹콩킹콩맨입니다. 인터뷰 잠시 가능할까요? 판다 님! 환영합니다. 아무 말이나 해주세요."

나는 그 사람을 향해 어색한 미소를 지어 보았다. 신은 나의 손을 더욱 힘껏 잡고 잡아당겼다.

"더 빨리 걷죠."

"네, 죄송해요."

나는 더 빠르게 발을 움직였다. 대체 여긴 어디일까. 나는 어디로 가는 걸까. 혼란스러웠다. 다시 집으로 돌아갈 수 있을까. 그러려면 아까 내가 나온 편의점의 위치를 잊어버리면 안 된다는 생각이 들었다. 그런 생각들을 하며 그녀의 차가운 손에 이끌려 갔다. 비는 점점 잦아들고 있었다. 하지만 나는 비를 거의 다 맞아버려서 머리가 더욱 무거워진 느낌이었다. 마치 젖어버린 수건처럼.

우리는 마침내 사람들이 없는 골목으로 들어섰다. 그 골목 위에 계단이 있어서 그 아래에서 비를 피할 수 있었다. 그녀는 그제야 내 손을 놓아주고는 노란색 우산을 툭툭 털고 접었다. 나는 머리가 너무 무거워 좌우로 흔들었다. 그러자 빗물이 사방으로 튀었다.

"앗! 뭐 하시는 거예요!"

진이 놀라며 말했다.

"아아, 죄송해요. 머리가 너무 무거워서……."

그녀는 젖은 내 머리를 바라보고는 안쓰럽다는 표정을 지으며 말했다.

"휴…… 그래도 겨우 사람 많은 곳을 빠져나왔네요."

"여긴 대체 어디죠?"

"혼란스럽겠지만, 여긴 판다 님이 살던 세계와는 전혀 다른 곳이에요. 꽤 위험한 곳이라고요. 그러니 내 옆에 꼭 붙어 다니세요."

"다른 세계?"

나도 모르게 목소리가 커졌다. 여긴 정말 다른 세계란 말인가? 그게 정말 가능한 걸까?라는 생각이 들었지만, 캐비닛에서 나온 이후로 본 것들 때문에 믿지 않을 수 없었다. 너무나 놀라웠고 두려움이 밀려왔다.

"그래요, 이곳에 당신을 도와줄 사람이 있어요. 지금 우리는 그곳을 향해 가고 있고요."

"분명한 거죠?"

"속고만 사셨나요?"

나는 낯선 곳에 가는 걸 그리 좋아하지 않는다. 낯선 환경은 나에게 늘 폭력적이었기 때문이다. 하지만 인생은 나를 낯선 환경으로 계속 몰아넣었다. 원하지 않았던 학교에 들어갔고, 성인이 되자마자 다녀온 군대에서도 상황은 마찬가지였다. 마치 내가 가고 싶어 한 곳에서는 모두 나를 받아주지 않았다. 내가 가고 싶은 곳이 있을 때 누군가가 숨어서 그것을 방치고 있는 것 같다는 생각마저 들었다. 어쩔 수 없이 난 적응해야만 했다.

난 오늘 또 다른 낯선 어딘가로 도착했다. SNS 메시지를 통해 만난 낯선 여자에게 이끌려 이곳을 걷는 지금, 설렘보다 공포감이 컸다. 오늘 그녀를 처음 만났지만 이곳에서 지금 내가 믿을 사람은 그녀밖에 없었다.

어느새 비는 그쳐 있었다. 난 그녀의 등을 바라보며 계속 걸었다. 그녀는 이따금 뒤를 돌아 내가 잘 따라오고 있는지 확인했다. 마치 어린 동생을 끌고 어딘가로 향하는 누나처럼. 걸을 때마다 그녀의 젖은 머리카락들이 좌우로 흔들렸다.

골목길에는 누군가가 마시고 버린 커피 캔과 담배꽁초들이 바닥에 고인 물을 더욱 어둡게 물들이고 있었다. 길옆에 늘어선 에어컨 환풍기들은 열심히 털털거리며 돌아갔다. 이 세계에서도 먹고 마시는 것들은 나의 세계에서와 비슷한 것 같았다. 그나저나 그녀의 발걸음은 왜 이렇게 빠른 걸까? 커진 머리 때문인지 젖은 털 때문인지 낯선 환경 탓인지, 내 몸에는 땀인지 비인지 모를 것들이 마구 섞여 흘러내리고 있었다.

"이제 다 왔어요. 잠시 쉬었다 가죠."

그녀가 드디어 멈춰 서며 말했다. 내가 벽에 기대서 숨을 고르는 사이, 그녀는 담배에 불을 붙여 연기를 뿜어냈다. 하얀 연기가 우리가 서 있는 골목 바깥쪽으로 기분 좋게 빠져나갔다. 나는 젖은 셔츠를 펄럭거리며 골목 밖 큰 빌딩들을 올려다보았다. 꽤 높은 빌딩들이 나무처럼 솟아나 있었다.

"사장님이 당신을 기다리고 있어요. 그래도 생각보다 늦지는 않았네요."

그녀는 손목에 찬 시계를 바라보며 말했다.

"사장님이요?"

그녀는 고개를 끄덕이며 손가락으로 건너편에 있는 흰색 빌딩을 가리켰다.

"대체 무슨 회사인가요?"

난 의심스럽다는 듯 그녀에게 물었다.

"그건 사장님께 가서 직접 들으세요."

나는 더 자세한 설명이 듣고 싶었지만 참았다. 그녀도 좀 지쳐 보였기 때문이다. 괜히 가방 속에 넣어둔 휴대폰을 꺼내 만지작 거렸다. 하지만 휴대폰은 전원이 꺼진 것처럼 잠들어 있었다.

"그 휴대폰은 이 세계에서 사용하지 못해요. 모두 막혀 있거든요."

그녀는 담배를 든 손을 흔들며 말했다.

"딱히 뭐 전화 올 곳도 없습니다."

나는 휴대폰을 가방에 다시 찔러 넣었다. 가방에는 필통과 다이어리, 회사에서 가지고 온 프로젝트 서류가 들어 있었다.

난 괜히 그 서류 귀퉁이를 만지작거리며 그녀에게 물었다.

"여기 시간과 제가 살던 곳의 시간은 같나요?"

"1분 1초가 모두 같아요."

"그건 다행이군요. 근데 지금 몇 시죠?"

"11시 50분이요. 자, 갈까요?"

그녀는 짧아진 담배를 땅에 버리고 다시 움직였다. 그녀가 버린 담배꽁초는 젖어버린 바닥에서 서서히 불꽃을 잃어갔다. 나는 그 담배꽁초를 밟고 다시 그녀를 따라 걸었다.

빌딩은 그다지 크지 않았다. 1층에는 레스토랑이 있었고, 안을 보니 사람들이 여유롭게 와인을 홀짝홀짝 마시고 있었다. 가운데 홀에는 검고 큰 피아노가 놓여 있었는데 중년의 여인이 드레스를 입고 연주를 하고 있었다. 이 세계에서는 어떤 음악을 들을까 궁금했지만 아쉽게도 들을 수는 없었다. 진과 나는 레스토랑을 지나 옆쪽 입구로 들어갔다. 로비로 들어서자 경비원으로 보이는 남자가 우리에게 다가왔다. 뚱뚱하고 덩치가 큰 남자는 검은 슈트를 입고 있었는데 영화 〈해리포터〉의 해그리드를 생각나게 했다.

진은 가방 속에서 직원 명찰로 보이는 것을 꺼내 그 남자에게 보여주었다. 해그리드를 닮은 그 남자는 명찰을 확인하고는 엘리베이터 버튼을 친절하게 눌러주었다. 1층에서 대기하고 있던 엘리베이터의 문이 열리고 우리는 그곳에 탑승했다. 진은 7층의 버튼을 누른 뒤 직원 명찰을 다시 가방 속에 넣었다. 그리고 들고 있던 노란 우산도 가방 속으로 밀어 넣었다. 어깨에 멜 수 있는 평범하고 작은 검은 가방에 그보다 커다란 우산이 들어간 것이다.

"방금 우산을 그 가방에 넣으신 건가요?"

난 놀라며 물었다.

"뭐, 그렇죠. 신기하죠? 뭐든지 넣을 수 있는 가방이에요."

내가 그녀의 가방에 감탄하는 동안 엘리베이터는 순식간에 위로 이동했다.

7층에 내리자 먼저 눈에 들어온 건 유리로 된 자동문이었다. 안내 데스크에는 검은 테 안경을 쓴 미인이 앉아 있었다. 단정한 검은색 정장을 입고 있는 그녀는 엘리베이터에서 내리는 우리를 보자 자리에서 일어나 수줍은 미소를 지으며 유리로 된 자동문을 열어주었다.

"기다리고 있었습니다. 진 요원님 오랜만이시네요."

"대표님 안에 계시죠?"

"네, 저녁을 드시고 아까 들어오셔서 쉬고 계세요. 판다 님, 반가워요. 전 이곳의 비서를 맡고 있어요."

비서가 나를 바라보며 인사했다.

"아, 안녕하세요."

나도 그녀에게 인사를 했다.

비서는 젖어 있는 내 얼굴을 보고는 서랍에서 마른 수건을 꺼내주었다. 난 그것을 받아서 얼굴과 몸을 대충 닦고 다시 돌려주었다.

"판다 님, 그럼 저를 따라오세요. 진 요원님은 휴게실에서 기다려주세요. 곧 마른 수건과 차를 가져다드릴게요."

"판다 아저씨, 너무 놀라지 말고 만나요."

진이 나를 보며 말했다.

"네?"

그녀는 재미있다는 듯 나를 보며 웃고 있었다. 나는 그녀가 나를 놀리려고 농담을 하는 줄 알았다. 하지만 농담이 아니라는 걸 아는 데에는 그리 시간이 오래 걸리지 않았다. 비서는 나를 어딘가로 안내했다. 그녀는 앞장서서 많은 책상과 의자들이 모여 있는 사무실을 지나(무슨 일을 하는 곳인지 전혀 상상할 수 없었다.) 사장실이라고 쓰여 있는 곳에 도착해 조심스럽게 문을 두드린 뒤 말했다.

"사장님, 판다 님이 도착했습니다!"

잠시 후 문 안쪽에서 남자의 목소리가 들려왔다.

"들어오게!"

"들어가세요."

비서는 친절하게 웃으며 문을 열어주었다. 내가 문 안쪽으로 들어가자 그녀는 조용히 문을 닫고 사라졌다.

나는 방 안을 살폈다. 커다란 책상과 고급스러운 가죽 소파가 먼저 눈에 띄었다. 소파 앞에는 커다란 탁자가 놓여 있고, 그 위에는 새우 맛 과자 한 봉지가 놓여 있었다. 방은 왠지 고등학교 교장 선생님의 방을 연상시켰다.(나는 학창 시절 교장 선생님 방 청소 담당이 된 적이 있었다.) 방은 매우 깨끗하게 정돈되어 있었는데 사람이라고는 아무도 보이지 않았다. 분명히 조금 전 방 안에서 남자 목소리가 났는데, 아무리 둘러봐도 보이지 않았다. 혹시 숨어 있을지도 모른다는 생각으로 조심스럽게 테이블 밑을 보기도 했지만 먼지 하나 없었다.

그때 어딘가에서 다시 소리가 났다.

"여기일세!"

소리가 난 곳을 바라보니 한쪽 벽에 작은 새장이 매달려 있었다. 그리고 그 안에서 알 수 없는 새 한 마리가 나를 바라보고 있었다.

"새?"

"그래, 여기일세. 내가 여기 사장이라네."

분명 새가 말을 하고 있었다. 게다가 중후한 목소리였다. 분명히. 나는 놀라서 더 가까이 가서 새를 바라보았다. 얼굴이 검은, 손바닥보다 작은…… 새다. 나는 검은 머리 새를 바라보고 말했다.

"안녕하세요."

"자네구먼, 판다로 변해버린 사람이. 나름 판다 얼굴이 귀엽구먼."

"당신이 정말 저를 도와주실 수 있나요?"

"하하핫, 그럼. 나에게는 아주 간단한 일이지. 이봐 그렇게 얼굴을 가까이 들이밀지 말게. 아무리 귀여운 판다 얼굴이라도 가까이에서 보니 좀 부담스럽다고. 날 잡아먹을 것 같기도 하고 말이야. 뒤로 좀 물러나 주겠나?"

"아! 죄송해요."

말하는 새가 있다는 걸 티브이에서 본 적이 있다. 물론 이 정도로 유창하게 하는 건 아니었지만.

나는 검은 머리 새에게서 눈을 뗄 수가 없었다. 내가 서둘러 두 걸음 물러서자, 그가 힘차게 날갯짓을 했다. 새장 안에서 푸드덕 소리가 남과 동시에 새가 부리로 문을 열고 새장을 빠져나왔다. 그러고는 방 안을 크게 한 바퀴 돌았다. 나는 놀라서 몸을 숙였다. 그 순간 새가 갑자기 소파 아래로 추락했다.

"어, 어!"

그대로 바닥으로 추락하는 줄 알았기 때문에 나도 모르게 소리를 질렀다. 하지만 그는 어느새 사람의 몸으로 변해 소파 위에 여유롭게 앉아 있었다. 얼굴은 여전히 새의 얼굴이었다. 새의 얼굴과 사람의 몸. 그 모습을 본 나는 놀라움에 잠시 멍하니 있을 수밖에 없었다.

"어때? 놀랍지?"

그가 말했다.

"어떻게 하신 거죠?"

"나는 자유롭게 새로 변할 수가 있네. 그나저나 반갑네. 나는 검은 머리 갈매기 사장이야."

"검은 머리 비둘기요?"

"아니, 검은 머리 갈매기라네. 좀 어렵지?"

"아, 네."

"나도 자네처럼 어느 날 얼굴이 동물처럼 변해버렸지. 처음 보는 새로 변해버린 거야. 그래서 내가 어떤 종류의 새인지 궁금하더라고. 열심히 찾아본 결과 '검은 머리 갈매기'란 걸 알게 되었어. 그냥 갈 사장이라고 불러주게."

"제가 육지에서만 자라서 갈매기 종류는 잘 몰라요. 죄송해요."

"이해한다네. 다들 나를 보면 신기해하지. 그렇게 서 있지 말고 여기 앉지."

그는 검지를 뻗어 맞은편 소파를 가리켰다. 내가 의자에 앉자, 비서가 무언가를 가지고 왔다. 하나는 꽃무늬가 있는 일반 찻잔이었고, 하나는 깊고 넓은 그릇이었는데 두 곳에

모두 차가 담겨 있었다. 그녀는 일반 찻잔은 내 앞에, 깊고 넓은 그릇은 갈 사장 앞에 조심스럽게 내려놓았다. 그리고 갈 사장과 나에게 정중히 고개 숙여 인사를 하고 소리도 없이 사라졌다.

"이건 이 세계에서만 있는 차라네. 마셔보게. 기분이 한층 나아질 거야."

갈 사장이 부리로 찻잔을 가리키며 말했다.

난 비서가 놓고 간 차를 바라보았다. 갈색빛 액체는 마치 양주처럼 보이기도 했다. 찻잔에 손을 대보니 뜨겁지는 않았다. 나는 목이 말랐기에 의심없이 그 차를 들이켰다. 차에서는 신기하게 초콜릿 맛과 레몬 맛이 섞인 맛이 났다. 차를 마시니 잠시 후 정말 마음이 차분해지는 느낌이 들었다. 그리고 아주 잠깐이지만 행복한 기분마저 들었다. 그 기분을 다시 느끼고 싶어서 또 차를 한 모금 입 안으로 흘려보냈다. 다시 행복한 기분이 잠깐 스쳐 갔다.

"어때? 먹을 만한가?"

"신비로운 맛이네요."

"이곳 사람들이 즐겨 마시는 차라네."

그도 그릇을 들어 부리를 빨대 삼아 마셨다. 후루룩후루룩.

"이상하게 보지 말게. 난 입이 이 모양이라 이런 그릇에 먹어야 하네."

갈 사장은 차를 조심스럽게 내려놓으며 말했다.

그 모습이 나에게는 위화감을 주었지만, 그는 익숙하다는 듯이 자연스러웠다. 나도 다시 차를 한 모금 마셨다. 행복한 감정이 잠시 왔다가 금세 사라졌다.

"여기까지 오느라 수고가 많았네. 많이 혼란스럽지?"

"꿈을 꾸고 있는 것 같아요."

"그럴 거야. 다들 그래."

"왜 제 얼굴이 변했는지 알고 계시나요?"

"글쎄, 그건 나도 모르네. 나도 어느 날 이렇게 변해버렸지. 괴롭고, 또 많이 혼란스러웠어. 그래서 자네 마음을 잘 이해한다네. 난 죽을까도 생각했어. 하지만 내가 살아갈 수 있었던 이유는 누구나 변해간다는 사실을 깨달았기 때문이야. 지금은 모든 게 부자연스러워 보일지도 모르지만, 시간이 지나면 모든 게 자연스럽게 받아들여진다네. 우리는 그저 얼굴이 동물과 같이 변한 거야. 그뿐이라고. 하지만 너무 걱정하지 말게. 자네의 얼굴은 다시 원래 얼굴로 돌아갈 수 있어."

"어떻게요?"

"내겐 특별한 능력이 있다네. 나만이 가진 힘이랄까. 얼굴을 자유롭게 바꿔버릴 수 있다네."

"근데 왜 갈 사장님의 얼굴은 그대로죠?"

"지금 의심하는 건가?"

"아니요, 그저 본인은 왜 원래의 모습으로 돌아가지 못하시는지 궁금해서요."

"음, 아쉽게도 내 모습만은 바꾸지 못한다네. 아무리 시도해도 변하지 않았지. 새의 모습으로 변신할 수 있는 게 전부더라고. 하지만 타인들의 얼굴은 얼마든지 바꿔줄 수 있어."

"멋진 능력이군요."

"맞아, 아주 놀라운 힘이지. 하지만 큰 힘에는 책임이 따르는 거라네. 함부로 이 힘을 쓰면 안 된다는 의미이지. 그래서 간절하게 내 능력이 필요한 사람에게만 쓰고 있지."

"제발 제 얼굴도 다시 원래 얼굴로 돌려주세요. 간절합니다."

"먼저 질문 하나 하지. 자네는 왜 인간의 얼굴로 돌아가려고 하나? 지금의 얼굴도 나쁘지 않아 보이는데?"

"저는 3일 뒤에 출근해야 해요."

"출근?"

"네, 직장 사람들이 저의 지금 모습을 보게 되면 큰일이 날 거예요. 더는 회사에 다닐 수 없게 될지도 몰라요. 아니, 어쩌면 신고를 당하고 어딘가로 잡혀갈지도 모릅니다. 국가가 만들어놓은 아무도 모르는 캄캄한 지하 감옥 같은 곳으로요. 저는 그곳에서 실험을 당하다 서서히 죽어가겠죠. 그러니 저는 다시 인간의 얼굴로 돌아가야 합니다."

"하하, 그게 이유인가?"

"네."

"음…… 그래, 알겠네. 하지만 그냥 자네의 부탁을 들어줄 수는 없네."

"돈을 드리면 될까요?"

갈매기 사장은 눈을 감고 고개를 저었다.

"자네가 가지고 있는 돈은 이 세계에서는 그저 종이 쪼가리일 뿐이라네."

"그럼 전 어떤 걸 드려야 하죠?"

"내 부탁을 들어주면 된다네. 뭐, 살짝 위험할지도 모르지만. 어때?"

불안하기는 했지만 선택지는 없어 보였다. 내가 도움을 요청할 사람은 갈매기로 변신하는 갈 사장뿐이었다. 어쩔 수 없이 나는 그 제안을 받아들였다. 내가 알겠다고 말하자 그는 다시 그릇을 들어 차를 조금씩 마셨다.

"여기가 무슨 일을 하는 회사 같나?"

갈 사장은 그릇을 조심스럽게 내려놓으며 말했다.

"글쎄요."

나는 혹시 다단계일지도 모른다는 생각이 들었다. 하지만 그건 말하지 않았다. 솔직한 게 좋지 않을 때도 있으니까.

"이 회사는 겉으로 보기에는 그저 평범한 무역 회사지만, 사실 이 세계를 지키는 비밀 조직이네. 힘이 될 만한 자를 영입하고 또 양성하고 있지."

"비밀 조직이요?"

"그래, 지금 이곳에는 위험한 일들이 일어나고 있다네. 집단 테러, 조폭, 괴물, 불법 인조인간까지 등장하지. 아주 거대하고 골치 아픈 녀석들도 있어. 우린 비밀스럽게 그들과 싸우고 있다네. 그리고 그 대가로 정부에서 돈을 받고 있지."

"설마 저에게 부탁하려는 게 그런 무시무시한 놈들과 싸우라는 건 아니죠? 저기, 저는 싸움이라고는 정말 한 번도 해본 적이 없습니다."

"하하, 걱정하지 말게. 자네에게는 아주 가벼운 일을 시킬 예정이니까. 너무 가벼워서 웃음이 나올지도 몰라. 딱 세 가지 임무만 해결하고 오면 된다네. 그러면 약속대로 내가 자네의 얼굴을 원래대로 만들어주겠네. 간단하지?"

"정말 가벼운 임무 맞나요?"

"자네같이 싸움도 못할 것 같은 사람에게 위험한 일을 맡기겠나? 그리고 자네 옆에는 진 요원이 붙어 다닐 거니까 안심하게. 진 요원은 우리 조직에서 A급의 요원이라네. 아주 높은 등급이지. 진 요원과 다니면 적어도 죽지는 않을 걸세. 진 요원이 당신을 보호하고 임무를 도울 거라네. 그리고 임무를 성실하게 완료했는지 내게 틈틈이 보고할 거야."

나는 진이 커다란 괴물과 싸우는 것을 상상해 보았다. 그 귀여운 얼굴과 가녀린 손은 전혀 싸움을 할 수 있을 것으로 보이지 않았다. 갈 사장 말대로 정말 이 세계에 괴물 같은 것이 등장한다면, 그녀가 날 지켜줄 수 있을지는 의문이었다. 하지만 나는 어떻게든 다음 주 월요일 전까지 사람의 얼굴로 돌아가야 했다. 출근을 위해서.

"그럼, 제게 주실 임무는 어떤 거죠?"

"일단은 마녀를 만나러 가보게. 그가 자네에게 임무를 알려줄 거야. 그에게 임무 세 가지를 받아서 해결하고 다시 나에게 오면 된다네."

"마녀요? 그건 또 누구죠?"

"우리는 주로 중요한 의뢰를 받아 해결하지만, 아주 작고 사소한 일도 해결하고 있지. 대부분 C급의 요원들이나 신입 요원들이 그런 일들을 해결하고 있어. 하지만 워낙 범죄가 자주 일어나서 일손이 부족하다네. 그래서 당신 같은 사람들에게 임무를 주고 있는 거라네. 마녀는 작고 사소한 의뢰를 받고, 관리하는 사람이야."

"그럼 마녀를 빨리 만나러 가야겠군요. 근데 마녀라는 사람은 어디에 있죠?"

"그건 밖에 있는 진 요원이 안내할 거야. 뭐 또 궁금한 건 없나?"

"실패한 사람들도 있나요? 그러니까 이 세 가지 임무를요."

"대부분 성공하지. 하지만 임무를 수행하다가 중간에 마음이 바뀌는 사람들도 있더군. 그냥 바뀐 얼굴로 이 세계에 남고 싶다고 말이야. 그러면 우리는 그들의 마음을 존중해 주지. 우린 그들이 이 세계에서 살아갈 수 있도록 발판을 마련해 주고 있어. 자네도 이 세계에 남고 싶다면 얼마든지 남아도 좋아. 마음이 바뀌면 말하라고. 여기서 사는 것도 그리 나쁘진 않거든."

갈 사장은 말을 마무리하듯 그릇에 담긴 차를 다시 마셨다.

나는 다음 주 월요일에 무단으로 출근하지 못하게 되는 상상을 해보았다. 내가 없는 월요일의 지하철, 내가 없는 사무실, 내가 없는 회사 건물의 옥상. 이상하게 잘 상상되지 않았다. 회사에서 나의 모습은 유성 펜으로 그려진 그림 같았다. 아무리 지우려 해도 그곳에는 내가 있었다. '내가 이렇게 중요한 사람이었던가?'라는 생각이 들자 어떻게든 이 세 가지 임무를 빠르게 완료하고 돌아가야만 했다.

"그럴 일은 없을 겁니다."

나는 단호하게 대답했다.

갈 사장은 내 말을 듣고는 자리에서 일어나 커다란 책상 쪽으로 걸어갔다. 그리고 책상 서랍을 열었다. 그곳에서 무언가를 꺼내곤 다시 소파 자리로 돌아왔다. 그가 테이블 위에 무언가를 내려놓았다. 나무 테이블에 쿵 하는 메마른 소리가 났다. 갈 사장 앞에 놓인 찻잔이 희미하게 떨리는 게 보였다. 그가 내려놓은 것은 검은 천에 둘러싸여 있었다.

그것을 내 쪽으로 밀며 갈 사장이 입을 열었다.

"이것을 가져가게."

검은 천 안에는 차가운 은색의 쇠 같은 게 보였다. 난 검은 천을 조심스럽게 풀어보았다. 그건 바로 권총이었다.

"이거…… 진짜 총인가요?"

나는 놀라며 물었다. 실제로 권총을 본 건 처음이었기 때문이다.

"그럼. 어때? 아주 멋진 총이지? 〈레옹〉이라는 영화에도 나왔는데 알고 있나?"

　나는 〈레옹〉의 마틸다를 떠올렸다. 그녀가 머리에 은색 총을 대고 있는 모습이 머릿속에 생생하게 그려졌다. 그러고 보니 지금 내 앞에 있는 총이 그 총과 흡사해 보였다.

　"아…… 그 총이군요. 이거 호신용인가요?"

　"그래, 혹시 모르니 가지고 가게. 나중에 반납하는 거 잊지 말고."

　"저, 제가 수행할 임무들이 안전한 거 맞죠?"

　갈 사장은 대답 없이 일어났다. 그러다가 어느 순간 새로 변해 사무실을 한 바퀴 돈 후, 새장으로 들어가 버렸다. 그리고 작아진 부리로 내게 말을 했다.

　"난 이제 좀 쉬어야겠네."

　난 그가 준 권총을 다시 천으로 조심스럽게 감싸서 가

방 속에 넣었다. 그리고 그에게 인사를 하고 사무실 문을 열고 나왔다.

***

진 요원과 나를 태운 엘리베이터는 천천히 아래로 움직였다. 엘리베이터 문 쪽에 숫자들이 줄어드는 것을 바라보고 있는데 진 요원이 입을 열었다.

"어떻게 됐나요? 그냥 이 도시에 남기로 했어요?"

"마녀님을 만나러 가야 해요."

"쳇, 아쉽네요. 판다 님이 이 도시에 남길 바랐는데."

"왜죠?"

"그야 판다 님이 귀여우니까……."

"네? 놀리지 마세요!"

난 부끄러워져서 그녀에게 정색하고 말했다. 그 때문인지 분위기가 어색해져 버려서 난 애써 다른 화제로 말을 돌렸다.

"근데 마녀님은 어디 계시죠? 멀리 가야 하나요?"

"흥! 몰라요. 안 알려줄래요."

그녀는 팔짱을 끼며 고개를 돌려버렸다. 난 당황해서 미안하다고 사과를 했지만, 엘리베이터의 숫자가 1로 변할 때까지 진 요원은 아무 말도 하지 않았다.

로비에 있던 해그리드를 닮은 남자는 보이지 않았다. 그가 앉아 있던 의자가 눈에 들어왔는데 문득 그의 덩치에 비해 작은 것 같다는 생각이 들었다. 로비를 빠져나오니 건물 앞에 아이보리색 소형 차량이 서 있었다. 피아트(fiat)를 닮은 차량이었다. 운전석에 해그리드를 닮은 그 남자가 타고 있었는데 그가 타기에는 차가 너무나도 좁아 보였다. 그는 우리가 나오는 것을 보자 차에서 아주 힘겹게 몸을 빼내며 말했다.

"진 요원님, 사장님이 준비하신 차량입니다."

"다른 차는 없나요?"

진 요원이 말했다.

"다른 차량은 모두 사용 중이어서 이 차 한 대뿐이에요."

"할 수 없죠, 고마워요. 정색 판다 님, 어서 타세요."

그녀는 운전석으로 가면서 내게 차갑게 말했다.

나는 서둘러 차의 보조석 문을 열어 몸을 집어넣었다. 생각했던 것보다 내부는 더 좁게 느껴졌다. 안전벨트를 매고 나는 해그리드를 닮은 남자에게 인사를 했다. 그는 웃으면서 나에게 손을 흔들었다. 진은 빠르게 차를 출발시켰다.

차가 도로 위를 달리는 사이 우리는 아무 말도 하지 않았다. 난 그저 침묵을 지키며 창밖의 풍경을 바라볼 뿐이었다.

내가 살던 서울과 비슷하게 빌딩들의 모습이 쭉 이어졌다. 차들도 꽤 많이 보였다. 차종은 전혀 알 수 없었지만, 외부 모양은 모두 내가 살던 세계의 차들과 비슷해 보였다. 거리에는 다양한 얼굴의 사람들이 걸어 다니고 있었다. 개, 고양이, 낙타, 도마뱀, 쥐, 원숭이…… 하지만 나처럼 판다 머리인 사람은 보이지 않았다. 그들은 모두 어딘가로 빠르게 이동하고 있었다.

"여자가 화나면 풀어주는 게 정상 아닌가요?"

침묵을 깨고 진 요원이 말했다.

"아아…… 죄송해요. 이 세계 풍경이 신기해서……."

"칫! 판다 님이 귀여워서 한 번은 봐드릴게요. 그래서 어때요? 이 세계에 온 느낌이?"

그녀가 핸들을 부드럽게 오른쪽으로 돌리며 말했다.

"제가 살던 곳과 비슷하네요."

"그래요? 하지만 곧 생각이 바뀌실지도 몰라요. 갈 사장님에게 자세히 들었겠지만 여긴 아주 위험해요. 물론 행복하기도 하지만요. 모두 일자리가 있고, 그다지 오래 일하지 않죠. 우리는 그 행복을 지키는 일을 하고 있고요."

"궁금한 게 있어요."

"저 남자 친구 있냐고요?"

"아니, 그건 아니고……."

"장난이에요. 크큭, 판다 님은 놀리는 맛이 있다니까."

"왜 절 도와주시는 거죠? 여기 아름다운 도시를 지키기도 바쁘실 텐데."

"인력이 부족해서요. 위험한 사건들이 늘어나고 있어요. 죽거나 일을 그만두는 사람도 늘어났죠. 위험한 만큼 많은 돈을 받고는 있지만 그래도 이런 일을 오래 하기에는 웬만한 영웅적인 마음가짐 없이는 힘들죠. 그래서 그런 히어로 요원을 찾는 일도 중요해요. 지금 찾아가는 마녀님이 가능성 있는 인물을 찾아주시기도 하죠."

"그럼 제가 그 가능성이 있다는 겁니까?"

"글쎄요, 판다 님은 귀여운 것 말고 딱히……."

"그렇죠……."

난 민망한 웃음을 지으며 머리에 있는 털털 벅벅 긁었다.

3.

　진 요원이 차를 멈춘 곳은 어느 상가 건물이었다. 유독 그 상가 건물의 간판들만 미친 듯이 반짝이고 있었다. 노래방, 술집, 안마방, 모텔 그리고 또 노래방. 그것은 '한 건물에 어떻게 이렇게 많은 간판이 매달려 있을까' 하고 생각하게 했다. 마치 눈이 여러 개 달린 거인을 올려다보는 듯했다.

　진 요원은 빈 곳에 주차를 깔끔하게 해낸 후, 차에서 내려 망설임 없이 건물 안으로 들어갔다. 건물 안에 들어서자 음침한 공기가 느껴지고 있었다. 엘리베이터가 있었지만 진 요원은 그냥 계단으로 발길을 옮겼다. 나는 목적지가 2층 정도일 거라고 생각했지만, 그녀는 멈추지 않고 계속 올라갔다.

난 그저 아무 말 없이 뒤를 따라가야만 했다.

5층에 도착하자 그녀가 잠시 걸음을 멈추었다.

"판다 아저씨, 괜찮으세요?"

"네, 왜 엘리베이터를 타지 않는 거죠?"

난 숨을 헐떡거리며 물었다.

"저 엘리베이터 속도가 너무 느리거든요. 그리고 툭하면 고장 나기도 하고요. 걷는 게 더 빨라요."

"그렇군요. 제가 운동 부족이라서요. 좀만 천천히……."

"역시 제 예상이 맞았네요."

그녀는 고개를 절레절레 흔들고는 다시 위로 올라갔다.

"그게 무슨 의미죠?"

"빨리 오세요. 더 올라가야 해요."

우리가 도착한 곳은 6층이었다. 6층에 도착하니 눈앞에 가정집 철문 하나가 보였다. 진 요원은 그 문을 두드리며 말했다.

"마녀님! 주무세요? 저예요. 진 요원이라고요."

하지만 문 안쪽에서는 아무런 인기척이 없었다. 나는 옆에서 숨을 골랐다.

"마녀님! 저예요! 문 열어주세요!"

진 요원이 더 크게 소리 지르고 문을 두드렸다. 잠시 후 안쪽에서 낯선 여자의 목소리가 들려왔다.

"누구시오!"

"마녀님! 갈 사장 밑에서 일하고 있는 진 요원이에요."

"뭐라고?"

"갈! 사장! 직원이에요!"

현관문 잠금장치가 덜그럭거리며 열리는 소리가 났다. 문을 열어준 건 부엉이 얼굴의 사람이었다. 이젠 그리 놀랍지도 않았다. 그녀는 머리 위로 긴 깃털이 두 개가 솟아 있었고 눈은 한쪽은 갈색, 한쪽은 푸른색을 띠고 있었다. 키가 작았고 손의 주름과 목소리로 짐작해 보아 나이가 꽤 있는 노파 같았다. 옅은 보랏빛의 파자마는 지금 날씨에 좀 더워 보였다. 그녀는 큰 눈을 몇 번이고 깜박거리더니 드디어 진 요원을 알아본 것 같았다.

"진, 오늘은 늦은 시간에 왔구먼. 곧 자려고 했다고. 들어오게."

마녀가 느릿하게 말했다.

"판다 님이 워낙 일정이 급해서 어쩔 수 없었어요. 죄송해요."

진 요원은 현관에서 신발을 벗고 안으로 들어가며 말했다.

"이유는 중요하지 않아. 나는 잠드는 시간이 중요하다고. 이 시간을 놓치면 쉽게 잠들 수 없어."

"죄송해요. 판다 님 이야기는 들으셨죠?"

"안녕하세요."

나는 부엉이 마녀에게 인사했다. 그녀는 반짝이는 두 눈을 깜박거리며 나를 유심히 바라보았다. 난 왠지 긴장이 되었다.

"실제로 보니 무섭지는 않구면."

신발을 벗고 들어선 뒤 슬쩍 둘러보니 평범한 가정집이었다. 오른쪽에는 부엌이 있었고 왼쪽에는 커다란 거실이 보였다. 거실에는 갈색의 소파가 죽은 짐승처럼 놓여 있었다. 방문이 두 개가 보였는데 그것들은 모두 굳게 닫혀 있었다. 거실 창문에서 반대편 건물의 간판이 기분 나쁘게 반짝거리는 것이 보였다. 우리는 부엌에 있는 식탁 의자에 앉았다.

"차를 드릴까?"

"아니에요, 늦은 시간에 찾아왔는데 괜찮아요."

부엉이 마녀의 질문에 진 요원이 양손을 흔들면서 대답했다.

"그래도 손님이 왔는데 어떻게 아무것도 안 주나……."

부엉이 마녀는 주방으로 가 찬장에서 티백을 꺼내 컵에 담았다. 그리고 가스레인지 위에 주전자를 올려놓고 불을 켰다. 곧 지글거리는 소리가 주방 안에 가득 울려댔다. 그 소리는 이상하게 내 마음을 안정시켜 주었다.

"나이를 먹으면 먹을수록 잠이 점점 많아지는 것 같아. 이렇게 죽어가는 거야."

부엉이 마녀는 그렇게 말하고는 고개를 180도 돌려서 진 요원을 바라보았다. 부엉이 목이 뒤로도 돌아간다는 건 알고 있었지만 사람 몸 위에 부엉이 얼굴이 돌아가니 섬뜩하게 느껴졌다.

진 요원은 나와는 다르게 놀란 기색 없이 차분하게 부엉이 마녀에게 말했다.

"어휴, 그런 소리 하지 마세요. 마녀님! 오래 사셔야죠! 저번에 드린 영양제는 드시고 있죠?"

"아, 그 다른 곳에서 사 왔다는 영양제? 챙겨 먹고는 있는데 자주 까먹어."

"잘 챙겨 드세요."

부엉이 마녀와 진 요원은 마치 손녀와 할머니처럼 대화를 나누었다. 진 요원의 말에서 느껴지는 온도는 나와 대화할 때와는 너무나도 달랐다. 부엉이 마녀는 차를 우려낸 뒤, 얼음이 담긴 찻잔에 그것을 담아 우리에게 내주었다. 그 차는 갈 사장의 사무실에서 먹은 것과 같은 듯 보였다. 조심스럽게 마셔보니 그 차가 확실하다는 걸 알 수 있었다. 잠시 행복한 기분이 가슴을 채웠다가 사라졌다.

"이 차 이름이 뭐죠?"

나는 마녀에게 물었다.

"부우차라는 거라네. 에구구."

부엉이 마녀는 맞은편 의자에 힘겹게 앉으며 말했다.

"부우차 맛을 알아버리면 다른 차는 마실 수 없어요. 커피보다도 중독성이 강해요. 그래서 우리는 카페에서 다들 이 부우차를 사서 마시죠. 커피는 잘 마시지 않아요."

진 요원은 찻잔을 조심스럽게 들어 올리며 말했다. 그녀의 손목이 유난히 가늘어 보였다. 난 자연스럽게 그녀의 손목에서 시선을 뗀 후 부엉이 마녀를 보며 입을 열었다.

"가져가서 매일 먹고 싶네요."

"여기 있는 동안 많이 먹어두라고. 가져갈 수는 없으니까. 자, 자네 손을 줘보겠나?"

부엉이 마녀는 손바닥을 펼쳐 식탁에 올리며 말했다. 나는 그녀의 손 위로 내 손을 내밀었다. 마녀는 나의 손을 잡고, 자신의 쪽으로 이끌어 자세히 내려다보았다. 그리고 "구웅, 구웅, 구웅." 하는 소리를 내며 큰 눈을 몇 번이고 깜박였다. 나는 왠지 긴장되었다. 겨드랑이가 땀으로 축축해지는 느낌마저 들었다. 부엉이 마녀는 그렇게 한참을 내 손을 바라보았다. 그리고 마침내 부리를 움직였다.

"정말 원래 세계로 돌아갈 마음이 확고하군."

그녀는 내 손을 놓아주었다.

"네, 돌아가야 합니다. 월요일 전까지요."

"음…… 그렇다면 빠르게 의뢰 내용을 전달해야겠구먼."

그녀는 힘겹게 다시 일어나 닫혀 있던 방문 하나를 열고 잠시 사라졌다. 나는 앞에 놓인 찻잔을 조심스럽게 들어 입으로 가져갔다. 진 요원은 지루하다는 듯이 하품을 하며 휴대폰을 들여다보고 있었다.

곧 부엉이 마녀는 손에 주머니 같은 걸 들고 나타났다. 그녀는 다시 맞은편 의자에 앉아 주머니를 열어 그 안에 든 물건들을 식탁 위에 쏟아놓기 시작했다. 반짝이는 유리구슬, 작은 손거울, 볼펜 한 자루, 검정 지우개, 고양이가 그려져 있는 브로치, 인어가 그려진 라이터가 놓였다.

"자, 이 중에서 세 개를 골라보게."

난 무엇을 골라야 할지 몰랐다. 그래서 천천히 그 물건들을 바라보았다.

"빨리 골라. 난 얼른 잠을 자야 한다고."

부엉이 마녀의 말에 난 더욱 조급한 마음이 들었다. 어쩔 수 없이 아무 생각 없이 고를 수밖에 없었다. 나는 반짝이는 유리구슬, 검정 지우개, 인어가 그려진 라이터를 골라 내 앞에다 놓았다.

"자, 그것들을 잘 챙겨 가게."

부엉이 마녀는 나머지 물건들을 다시 주머니에 조심스럽게 하나하나 넣었다.

"끝인가요?"

"그럼 뭐가 또 있길 바라나? 사용법은 진 요원도 알고 있으니 가보게. 난 이제 자야겠어."

난 부엉이가 야행성이라는 것을 떠올렸다. 부엉이 머리가 되어도 밤에 자는 것인지 물어보고 싶었지만 참았다. 왠지 실례가 될 것 같았기 때문이다. 고른 물건은 가방 속에 잘 넣었다. 그리고 마지막으로 부우차를 한 입 마시고 나서 마녀에게 물었다.

"저기 질문 하나 해도 되나요?"

"마지막으로 한 개만 질문해 보게."

"저를 어떻게 찾아내신 거죠? 저를 발견하신 게 마녀님이라고 들어서요. 혹시 저를 미행하시거나, 저의 휴대폰을 해킹하신 건 아니시죠?"

나의 말에 옆에 앉아 있던 진 요원이 "크큭." 하고 소리를 내며 웃었다. 마녀도 "부우 부우." 하고 잠시 웃었다. 그리고 곧 입을 열었다.

"난 그런 것에는 관심이 없네. 그럴 능력도 안 되고. 난 매일 꿈을 꾼다네, 아주 생생하게. 며칠 전 자네가 꿈에 나온 것뿐이야. 자네가 회사에서 일하는 모습을 지켜봤네. 창밖은 이미 어두워져 있었고, 자네는 혼자 남아서 일을 처리하고 있었지. 그러다 화장실로 가더군. 세수를 하고 거울 속 자신의 모습을 한참을 바라보더라고. 근데 갑자기 거울 속 자네 얼굴이 판다 얼굴로 변해버린 거야. 지금 얼굴로 말이야. 자네는 다시 사무실로 돌아가 일을 했고, 나는 자네의 포털 사이트 아이디를 기억하고 잠에서 깨어났어. 우리는 그 포털 사이트 아이디로 당신을 찾아낸 거고. 아주 유치한 아이디였는데…… 뭐더라. 나이를 먹으면 기억력이 문제야……."

"그건 굳이 기억하지 않으셔도 됩니다."

"그래, 어쨌든 그렇게 내가 꿈속에서 사람을 찾으면 갈 사장이 움직인다네. 누군가가 자신을 찾아낸다는 건 기분 나쁜 일일지도 몰라. 하지만 내 꿈에 나오는 이들은 분명 우리의 도움이 필요한 존재들이지. 당신처럼 얼굴이 판다로 바뀌었다면 아마도 그 세계에서는 일상생활을 할 수 없을 테니까."

마녀는 말을 마치고는 이내 꾸벅꾸벅 졸기 시작했다. 진 요원과 나는 조용히 일어나 나가기로 했다. 현관에서 신발을 신는데, 마녀가 갑자기 깨어나 말했다.

"아, 가려고?"

"네, 어서 주무세요. 마녀님, 늦은 시간에 죄송했어요. 차도 감사하고요."

진 요원이 다정하게 말했다.

"실례가 많았습니다."

나도 구두에 발을 힘겹게 구겨 넣으며 말했다.

"그래, 그럼 둘 다 행운을 비네."

마녀는 일어나 우리 쪽으로 와서 손을 흔들며 배웅했다. 눈이 반쯤 감긴 것을 보았을 때 서 있는 게 신기할 정도였다.

***

마녀의 집에서 나온 뒤 진 요원의 차가 멈춰 선 곳은 어느 작은 모텔 앞이었다. 진 요원은 안전벨트를 풀고 가방을 챙겼다.

"이곳이 첫 의뢰 장소인가요?"

나는 의아해하며 물었다.

"아니요, 임무는 내일부터 수행할 거예요. 자, 짐 챙겨서 내려요."

"네?"

"여기가 오늘 우리가 묵을 숙소라고요. 따라와요."

"우리?"

진 요원은 차 문을 닫고 모텔 입구 쪽으로 걸어갔다. 난 왠지 불안한 느낌이 들었다. 모텔은 꽤 오래되어 보였으며 7층 정도의 건물이었다. 건물 꼭대기에는 "오아시스"라는 전광판이 깜박거리고 있었다. 하지만 'ㅅ' 글자 하나에는 불이 나가서 멀리서 보면 '오아ㅣ스'로 보일 것이었다. 그 간판 불빛들은 나를 더욱 불안하게 만들고 있었다. 어느새 진 요원은 모텔 입구 문을 열고 안으로 사라지고 없었다. 난 서둘러 가방을 어깨에 메고 그녀를 따라갔다.

"한 채널에 가만히 두면 안 될까요? 판다 아저씨?"

진 요원은 맞은편 의자에서 맥주를 홀짝거리며 말했다. 나는 들고 있던 리모컨을 침대 위로 던졌다. 그리고 앞에 놓인 맥주를 따서 한 모금 마시고는 말했다.

"다른 숙소로 갔어야 했던 게 아닐까요?"

"아까 회사에서 이미 이 숙소에 묵겠다고 보고해 놨다고요. 시간이 늦어서 다시 보고하려면 꽤 귀찮아져요. 잠자고 있는 갈 사장님을 깨워야 하고요. 아시겠어요? 판다 님은 이 숙소가 마음에 안 드나요?"

"아니, 그건 아니고, 한 방에서 어떻게 낯선 남녀가 함께 잡니까?"

"저도 이렇게 될 줄 몰랐어요. 제가 이 숙소에 묵기로 정한 건 이곳은 늘 빈방이 많다는 정보 때문이었다고요. 휴……어쩔 수 없죠. 걱정 말아요. 판다 아저씨는 전혀 제 취향 아니거든요."

"취향의 문제가 아니라고요, 이거는!"

모텔 주인은 과하게 머리가 구불거리는 남자였다. 미용실에 가서 파마를 한 건지, 아니면 자연적인 머리인지는 알 수 없었다. 꽤 마른 그는 눈알이 조금 튀어나온 듯 보였는데, 귀여운 공룡 캐릭터가 그려져 있는 티셔츠를 입고 맥주를 마시고 있었다. 우리가 계산대에서 방을 달라고 하자 그는 입꼬리를 씨익 올리며 말했다.

"당신들은 운이 좋아요. 방이 딱 한 개 남았거든요."

진 요원이 날카롭게 쏘아붙였다.

"밖에서 보니까 불 꺼진 방이 많던데요?"

"이봐요, 불을 끄고 약에 찌들어 잠들었거나, 다른 무언가를 하고 있는지도 모르죠. 그리고 오늘은 금요일 밤이라고요. 방 하나도 감사한 줄 알아요."

"흠, 쩝……. 알겠어요. 그냥 그 방 주세요."

진 요원은 키를 받아 들고 엘리베이터 쪽으로 향했다. 내가 계산대 안의 주인에게 인사를 했을 때, 그는 내게 윙크를 하고는 음흉하게 입꼬리를 올리며 엄지를 치켜들었다. 그러고는 작게 속삭이듯 말했다.

"맥주가 필요하면 언제든지 말하라고!"

그렇게 우리는 모텔에서 파는 맥주를 홀짝거리는 중이었다. 티브이는 채널이 정말 많았지만 전부 이해할 수 없는 내용이거나 흥미롭지 못했다. 이 세계의 티브이 채널도 별다를 게 없다고 생각했다. 티브이를 끌까 생각했지만, 방 안의 공기가 냉동 창고처럼 얼어버릴 것 같아서 그냥 두었다.

"그나저나 일요일 전까지 세 가지 임무를 모두 해낼 수 있을까요?"

나는 진 요원에게 물었다. 맥주를 마실 때마다 초조함도 함께 목 안으로 흘러들어 오는 기분이 들었기 때문이다.

"판다 아저씨, 저 믿지 못하시는 거예요?"

"아까부터 아저씨, 아저씨 그러는데 그럼 진 요원님은 나이가 어떻게 되시는데요?"

"저는 스물한 살이요."

"그럼 뭐, 나이 차이도 얼마 나지도 않네요"

"하, 이봐요. 판다 아저씨, 우리 열 살 차이인 거 알아요?
그럼 아저씨지."

"그런가……."

"그래요, 아저씨!"

"흠…… 아까 마녀님께 받은 물건 사용법을 알려주실 수
있나요?"

"좋아요, 딱히 할 게 없으니 같이 해보죠."

나는 부엉이 마녀에게 받은 물건을 가방에서 꺼내 테이블
위에 올려놓았다. 반짝이는 유리구슬, 검정 지우개, 인어가
그려진 라이터.

"그 물건 중 하나를 입에 물어요. 그리고 눈을 감아보
세요."

난 반짝이는 유리구슬을 입 안에 조심스럽게 넣고는 눈을
감았다. 구슬이 마치 사탕같이 느껴졌다. 실수로 삼키지 않
기 위해 꽤 신경을 써야 했다.

"무엇이 보이시나요?"

어둠 속에서 진 요원의 목소리가 들려왔다.

"아무것도 안 보이는데요?"

"그럴 리가 없는데? 크하하."

눈을 다시 떠보니 그녀는 배를 잡고 웃고 있었다. '또 당했
군.' 난 입에 있던 유리구슬을 서둘러 뱉고 그녀에게 말했다.

"재미없거든요!"

"크하하. 판다 님 정말 귀여우시다니까. 알겠어요, 알았어. 이번에는 진짜 알려드릴게요. 그 구슬 가지고 따라오세요."

그녀는 맥주 캔을 들고 욕실로 걸어갔다. 그리고 세면대에 물을 받았다. 세면대에 어느 정도 물이 고이자 그녀가 말했다.

"자, 이곳에 그 구슬을 넣어보세요."

난 물 안에 반짝이는 유리구슬을 넣었다. 유리구슬은 이상하게 물 위에 떠 있다가 아주 천천히 물 안으로 가라앉았다. 잠시 후 물 색이 검은색으로 변해갔다. 구슬이 마치 연기를 내뿜는 것 같이 검게 변해버린 물 안에서 이내 흰색 숫자들이 떠올랐다.

"#014912."

그녀는 그 숫자를 기억해 두라고 말하고는 다시 욕실을 빠져나갔다. 난 가방에서 업무용 다이어리를 꺼내 맨 뒤 페이지에 그 숫자들을 적었다.

"이 숫자의 의미가 뭐죠?"

난 진 요원에게 소리쳐 물었다.

"그 숫자는 임무 위치를 나타내요. 저희가 자체 개발한 내비게이션에 그 숫자를 입력하면 되죠. 그럼 그 임무 장소가 찍혀요. 내일 그곳으로 가면 임무를 수행할 수 있어요. 내일 아침 일찍 움직일 거니까 맥주 마시고 푹 주무세요."

난 세면대 속 검은 물에 손을 넣어 유리구슬을 빼냈다. 검은 물 때문에 내 손이 검게 물들 것 같았지만 그러지는 않았다. 내 손에 묻어 있는 물은 투명했다.

구슬을 꺼내자 물도 어느새 투명하게 변해 있었다. 난 세면대에 물을 빼내고 다시 자리로 돌아와 앉았다. 그리고 유리구슬과 나머지 물건 두 개도 가방에 넣고는 미지근해진 맥주를 들었다.

창밖에는 깊은 어둠이 깔려 있고 이름도 알 수 없는 건물들이 반짝이고 있었다. 진 요원이 푹 자야 한다고 말했지만 오늘 밤은 잠이 쉽게 오지 않을 것만 같았다. 오늘 처음 만난 진 요원과 이 방에서 함께 자야 한다는 사실 때문이었다.

"궁금한 게 있는데……."

나는 맥주 캔을 테이블에 내려놓으며 입을 열었다.

"물어보세요."

"원래 세계에 가지 않게 된다면 그 세계에서 전 어떻게 되는 거죠? 그러니까 제가 이 세계에 남게 되면요."

그녀는 맥주를 한 모금 마시고는 창밖을 바라보면서 말했다.

"자살이요. 그렇게 처리돼요. 그 처리는 물론 저희 쪽에서 완벽하게 해드리고 있고요."

난 자취방에서 내가 죽어 있는 모습을 상상해 보았다. 목을 매달거나 침대에서 약을 먹고 자살을 한 나의 모습을 상상해 보려고 했지만 잘 그려지지 않았다.

"전 샤워를 좀 해야겠어요."

진 요원은 맥주 캔을 내려놓고 의자에서 일어나 욕실 쪽으로 천천히 걸어갔다.

"아, 전 그럼 잠시 나가 있을게요."

"밖에 나가지 마세요. 위험해요."

"그럼 계산대에 가서 맥주라도 더 사 올게요."

"음…… 그래요. 그 정도는 괜찮겠네요. 저도 한 캔 더 마실게요."

"그럼, 돈 좀 빌려주실 수 있나요? 아시겠지만 제가 이 세

계의 돈은 없어서."

진 요원은 다시 테이블로 걸어와 가방에서 현금을 꺼내주었다. 지폐 한 장을 줬는데 "100CRE(크래)"라는 글자가 굵은 고딕체로 적혀 있었다.

"이 정도면 남을 거예요."

"확실한가요?"

"속고만 사셨나요?"

그녀가 나를 노려보았다. 그리고 "흥!" 하며 욕실로 모습을 감췄다. 잠시 후 욕실에서 물소리가 새어 나왔다.

나는 가방에서 휴대폰을 꺼내 주머니에 찔러 넣고 방에서 나왔다. 복도에서 휴대폰을 꺼내 보았지만, 여전히 작동이 되지 않았다. 난 어쩔 수 없이 휴대폰을 주머니에 다시 넣었다. 복도는 쥐 죽은 듯이 조용했다. 바닥에 깔린 빨간 카펫을 밟으며 계단이 있는 곳으로 향했다. 우리 방은 4층이었지만, 딱히 시간을 때울 것도 없었기에 천천히 계단으로 내려가야겠다고 생각했다.

계단 난간에는 각종 청소 도구와 젖은 수건이 걸려 있었다. 조명은 오래됐는지 고장이 났는지 자꾸 깜박거렸다. 덕분에 난 더욱 조심스럽게 내려가야만 했다. 1층에 도달하자 모텔 주인은 여전히 맥주를 홀짝이며 티브이를 보고 있었다.

난 주인에게 맥주 두 캔을 더 달라고 했다. 그는 가정용 냉장고에서 맥주를 꺼내 검은 봉지에 담아주었다.

그가 봉지를 내밀며 입을 열었다.

"둘이 썸이지? 딱 보니 아직 사귀는 건 아니구먼."

"네? 아, 아닙니다. 그저 일 때문에……."

"킬킬. 나도 그럴 때가 있었지. 이봐 친구, 오늘 나한테 감사하라고. 내가 기분도 좋으니까 안주도 하나 서비스로 주지."

그는 의자에서 다시 일어나서 비틀비틀 냉장고로 걸어가 문을 열었다. 그리고 그곳에서 땅콩 한 봉지를 꺼내 나에게 건넸다. 나는 그것을 받아 비닐봉지 안에 넣었고 진 요원이 준 지폐를 주인에게 건넸다. 그러자 주인은 "10"이라고 숫자가 적혀 있는 은색 동전 두 개를 내게 주었다.

"제 얼굴이 이상하지 않으세요?"

나는 차가운 동전을 주머니에 넣으며 물었다.

"자네 얼굴이 왜?"

"판다 얼굴이잖아요."

"음…… 판다였구먼. 난 곰인 줄 알았지. 그래 판다로군. 곰 얼굴을 한 사람들은 종종 봤는데, 그러고 보니 판다는 처음이네. 이봐 나랑 기념사진이라도 찍어줄 수 있나?"

그는 내 대답을 듣기도 전에 바닥에 놓인 휴대폰을 들어

사진을 찍으려고 했다.

"자, 브이! 좀 웃으라고."

난 카메라를 보고 애써 웃었다.

찰칵!

그는 사진을 보더니, 만족스럽다는 듯 경박한 웃음소리를 내었다. 그리고 휴대폰 액정을 내게 들이밀었다. 마치 술 취한 아저씨가 동물원에서 판다와 함께 사진을 찍은 것처럼 사진은 형편없었다. 액정 속에 보이는 나의 웃음이 특히 마음에 들지 않았다. 난 그에게 인사를 건네고 발길을 돌렸다.

"너무 무리하지 말라고! 방음도 잘 안 되니까."

등 뒤에서 그가 소리쳤다.

나는 뒤돌아서 다시 고개를 숙여 인사를 하고 맥주와 서비스로 받은 땅콩이 든 봉지를 흔들며 계단을 올랐다. 덕분에 걸음걸이마다 바스락거리는 소리가 복도를 가득 메웠다.

내가 씻고 나오자 진 요원은 어느새 침대에 누워 잠들어 있었다. 샤워 가운 사이로 그녀의 검은 속옷이 살짝 보였다. 나는 재빨리 시선을 천장으로 향하게 하고는 그녀에게 이불을 덮어주었다. 벽에는 오래된 에어컨이 낙타 울음소리 같은 소리를 윙윙 내며 돌아가고 있었다. 난 리모컨을 들어 에어컨을 취침 모드로 바꿔놓고 불을 끈 후 바닥에 누웠다. 여분의 이불이 하나뿐이라서 반을 접어 그 안으로 들어갔다.

그러자 서울에서 처음 머물렀던 자취방이 생각났다. 급하게 구한 나의 첫 자취방은 사람 두 명이 겨우 누울 수 있는 곳이었다. 당연히 침대가 들어올 수 없어서 땅바닥에 이불을 깔고 잠을 자야 했다. 1년을 살았던 그때 그 자취방을 생각하며 금세 깊은 잠에 빠져들었다.

***

나는 자주 꿈을 꾼다. 아주 생생하게. 그래, 지금까지 있었던 일은 모두 꿈이다. 얼굴이 판다로 변했다는 건 꿈인 게 분명하다. 엄마가 나의 이름을 부르고 있었다. 난 두꺼운 솜이불 속에서 기어 나와 겨우 눈을 떴다. 차가운 공기가 피부에 닿았다. 내가 눈을 뜬 곳은 서울 자취방이다. 시계를 보니 오전 7시 30분이었다. 이러다가 회사에 또 늦을지도 모른다는 생각이 들었다. 난 허겁지겁 일어나서 욕실로 향했다. 그리고 거울 속 내 얼굴을 확인했다. 다크서클이 진한 볼품없는 남자가 서 있었다. 나는 '역시 모든 게 꿈이었어.'라고 생각하며 안도의 숨을 내쉬었다.

그런데 이상한 점이 있다. 서울 자취방에는 엄마가 있을 리가 없었다. 그리고 오늘은 분명 주말이다. 누군가가 나를 깨울 일은 없는 것이다. 그렇게 생각한 순간 거울 속 얼굴은 판다로 변해 있었다. 그때 욕실 밖에서 누군가가 나를 불렀다.

"판다 님! 판다 님!"

'내 이름은 그게 아닌데…….'

"이봐요, 판다 님! 일어나라고요!"

눈을 떠보니 진 요원이 나를 깨우고 있었다. 그녀는 이미 외출 준비를 마친 것 같았다. 난 일어나 주변을 둘러보았다. 어제 그 모텔 방 안이었고 방 안에는 이미 햇빛이 들어와 날카롭게 선을 그어놓고 있었다. 테이블 위에는 어제 마신 맥주 캔과 땅콩 껍데기가 그대로 놓여 있었다. 시간은 막 오전 7시 20분이 되기 전이었다. 난 침대에서 힘겹게 몸을 일으켰다.

'근데 내가 왜 침대에 있는 거지?'

진 요원은 거울 앞에서 화장을 하고 있었다. 딱히 화장을 진하게 하는 스타일은 아닌 듯했지만 정성껏 화장 스펀지를 얼굴에 두드리고 있었다.

나는 거울에 비치는 그녀를 바라보며 말했다.

"저기…… 제가 왜 침대에……. 분명 어제 바닥에서 잤는데요."

"그건 저도 모르죠. 제가 무거운 아저씨를 들어서 침대 위로 올려놓았겠어요? 판다 아저씨는 분명 엉큼한 구석이 있는 분이세요. 일어나 보니 옆에 판다 님이 자고 있더라고요. 처음부터 제 옆에 자고 싶다고 말씀을 하시지."

"아니라고요, 분명 어제 전 바닥에서 잤어요. 봐요, 바닥에 이불이랑 베개 보이죠?"

"알겠어요, 이해해요. 바닥은 딱딱하고 불편했을 테니까. 저도 판다 님이 편하게 주무시는 게 좋아요."

"아니, 그게 아니라 전 올라올 생각이 진짜 없었어요."

"네, 응큼 판다 씨. 어서 씻기나 하세요. 임무를 빨리 수행하러 가야 하니까."

***

한 시간 정도 지나, 진 요원이 운전하는 차가 멈춰 선 곳은 어느 시골길이었다. 차로 더 이상 나아갈 수 없는 길이 나오자 진 요원은 브레이크를 밟고 시동을 껐다. 앞에는 굴다리가 보였는데 바닥에 물이 흐르고 있었다. 진 요원은 잠시 휴대폰으로 무언가를 확인하더니 고개를 돌려 말했다.

"여기서부터는 걸어가죠."

"아, 네. 얼마나 더 가야 하죠?"

"저 굴다리만 지나가면 돼요."

우리는 차에서 내려 굴다리 안으로 걸어갔다. 바닥은 흙길이라 구두가 금세 더러워졌다. 뒤를 돌아보니 우리가 타고 온 차가 아침잠이 부족한 동물처럼 잠든 듯이 보였다. 진 요원은 빠르게 앞으로 걸어갔다. 그녀의 구두도 젖고 있었지만 그녀는 아랑곳하지 않았다. 내가 천천히 걸어가자 그녀는 돌아보며 잔소리를 했다. 그 소리를 듣고 있으니 내가 그녀의 동생이 된 것 같았다.

굴다리 안에는 버려진 자전거와 나뭇가지들 그리고 어디서 흘러 내려오는 건지 알 수 없는 물이 계속 흐르고 있었다. 꽤 어두웠지만 앞으로 나아가지 못할 정도는 아니었다. 내가 최대한 구두에 물이 스며들지 않게 조심스레 걸어가는 사이 진 요원은 어느새 굴다리를 빠져나가서 굴다리에는 나 혼자만 남게 되었다.

"같이 가요!"

소리쳐 보았지만 대답은 돌아오지 않았다. 내 소리는 그저 굴다리 안에서 맴돌다 어둠 속으로 사라져 버렸다. 나는 왠지 겁이 나서 좀 더 속도를 내서 걸었다. 그 때문에 구두 속으로 물이 들어왔고 겉은 완전히 더러워져 버렸다. 얼마 전 큰마음 먹고 할부로 산 건데……. 속상했지만 이내 체념하고 더욱 빠르게 걸어갔다.

* * *

굴다리를 빠져나오자 눈앞에 커다란 호수가 보였다. 호수 주변은 나무와 산이 둘러싸고 있었고 아무런 소리도 들려오지 않았다. 마치 휴대폰 음소거 버튼을 눌러버린 것만 같았다. 아침 햇살에 호수의 물은 유리구슬처럼 빛났다.

"우와…… 아름답네요."

"여유롭게 감탄할 때가 아니에요."

진 요원은 주변을 두리번거리며 걷기 시작했다. 나도 어쩔 수 없이 따라 걸었다. 그녀와 나는 빠른 걸음으로 호숫가 주변을 한 바퀴 돌아보았다. 진 요원은 무언가가 나타날까 봐 경계하는 듯했다. 호수를 한 바퀴 도는 데에는 대략 15분 정도가 걸렸다. 하지만 호수 주변에는 개미 한 마리도 보이지 않았다. 너무나도 평화로운 호숫가였다.

머리가 커진 탓인지 부쩍 숨이 쉽게 찬다. 나는 숨을 고를 겸 솟아 있는 큰 돌 위에 앉았다. 그리고 진 요원에게 말했다.

"수상해 보이는 것은 없는데요."

"그러게요. 본부에 연락을 해봐야겠네요."

이러다가 임무는 해보지도 못하고 이 세계에 남게 되는 건 아닌지 걱정이 되었다. 괜히 바닥에서 돌 하나를 주워 호수에 던졌다. 돌은 첨벙 소리를 내며 호수 아래로 사라지며 호수의 수면에 기분 좋게 파동을 남겼다. 나는 조금 더 큰 돌을 골라 더 멀리 던져보았다.

첨벙. 소리와 함께 돌은 또 물 안으로 사라졌다. 더 큰 파동이 호수에 그려졌다. 이상하게 기분이 좋았다. 더 큰 돌을 던져보려던 찰나, 내가 방금 돌을 던진 곳에서 무언가가 떠올랐다. 분명 살아 움직이는 무언가였다.

난 놀라서 뒷걸음질을 치며 진 요원에게 소리쳤다.

"저기! 저기! 뭔가 있어요!"

통화 중이던 진 요원은 전화를 급하게 끊고 가방에 넣으며 말했다.

"어디요?"

"저기요, 호수 안에요."

그녀도 호수에서 움직이고 있는 무언가를 확인한 듯했다. 그녀는 가방을 뒤적이더니 검을 꺼냈다. 일본 사무라이가 쓸 법한 커다란 검이었다. 작은 가방에서 커다란 검이 나왔다는 사실이 나를 더 놀라게 했다. 그래도 커다란 검을 보는 순간 약간 안심이 되었다.

호수 안의 알 수 없는 무언가는 서서히 우리 쪽으로 다가오고 있었다. 나는 공포감에 진 요원 뒤에 몸을 숨길 수밖에 없었다. 곧 물속에서 모습을 드러낸 건 알 수 없는 남자였다. 그는 우리에게 소리쳤다.

"내가 이번 의뢰인이라고! 공격하지 마!"

우리 앞에 나타난 건, 물고기 얼굴의 남자였다. 어째서 물고기 얼굴을 한 사람이 있는 걸까?라는 생각이 들었지만 이내 내 얼굴도 지금 '판다'라는 걸 떠올렸다. 물고기 남자는 얼핏 보아도 위협적이지 않아 보였고 체형도 나뭇가지처럼 말라서 공격할 힘조차 없어 보였다. 그는 중국 영화 속 아저씨들이 입고 있을 법한 흰색 러닝을 입고 항복 한다는 듯 두 손을 들었다. 진 요원은 검을 다시 가방 속으로 넣었다.

진 요원의 검이 사라지자 물고기 아저씨는 그제야 손을 내리고 반갑다는 듯 손을 흔들며 다가왔다. 그는 물이 뚝뚝 떨어지는 축축하게 젖은 입을 열었다.

"자네, 돌을 던지면 어떡하나! 내가 맞아서 죽으면 어쩌려고. 소리쳐서 불러야지. 하마터면 죽을 뻔했다고!"

"죄송해요. 물속에 사람이 있을 거라곤 생각을 못 했어요."

나는 머리털을 긁으며 말했다.

그는 돌멩이 하나를 반바지 주머니에서 꺼내서 내 앞에 살짝 던졌다. 분명 내가 던진 돌이었다.

"앞으로는 조심해 주게."

그는 그렇게 말하고 머리를 털었다. 덕분에 물이 사방으로 튀었고 우리는 두 걸음 더 물러나야만 했다. 그는 내게 다가와 다시 축축한 입을 열었다.

"판다 얼굴이라니, 정말 신기하군."

"저도 당신이 신기합니다."

"나도 당신처럼 좀 귀엽고 멋진 얼굴이면 좋겠는데……. 물고기라니, 참나."

"당신도 원래 인간의 얼굴이었나요?"

그는 대답 대신 고개를 끄덕였다. 그러자 그의 지느러미가 부드럽게 흔들렸다.

"저희에게 의뢰하실 일이 뭐죠?"

진 요원이 말했다.

"나는 사실 이곳에 살지 않아. 잠시 피신해 있는 상태야. 벌써 이틀 째라고. 당신들이 조금 더 일찍 와주길 바랐는데 이제야 오다니. 뭐 그래도 고맙지만 말이야."

"왜 피신해 계신 거죠?"

나는 궁금해하며 물었다.

"나는 저 산속에서 24시 편의점을 운영하고 있네. 근데 귀찮은 놈들이 쳐들어왔어. 그들이 내 편의점에 쳐들어와서 나가지 않는다고. 내가 쫓아내려고 해보았지만, 그들이 나를 공격했어. 보라고, 여기."

그는 고개를 숙여 지느러미 뒤쪽을 보여주었다. 정말 날카로운 무언가에 긁힌 듯한 상처가 나 있었다. 그나저나 그는 왜 산속에서 24시 편의점을 하는 걸까? 그가 하는 말이 정말 사실일까? 의문들이 머리를 채웠다.

진 요원은 진지하게 그의 말을 듣고 가방에서 수첩과 펜을 꺼내 무언가를 적고 있었다. 그녀의 저 검정 핸드백은 정말 마법사의 모자 같은 걸지도 모른다는 생각이 들었다.

"그들이 내 편의점 음식을 하나하나 갉아 먹고 있어. 심지어 냉장고를 열어 술까지 먹고 있다니까. 아마도 지금 내 편의점은 엉망이 되어 있을 거야. 빨리 그들을 쫓아내 줬으면 해."

물고기 머리의 남자가 하소연했다.

"그럼 어서 편의점으로 가시죠."

진 요원은 수첩을 접으며 말했다.

물고기 남자는 앞장서서 산길을 오르기 시작했다. 그 뒤를 진 요원이 따랐고 마지막으로 내가 그 뒤를 따랐다. 나는 산을 오르기 전 뒤를 돌아 호숫가를 보았다. 호수는 아무것도 모른다는 듯 다시 잠잠해져 있었다.

산에는 다행히도 사람이 다닐 수 있는 길이 있었다. 비가 왔는지 아니면 아침에 서리 때문인지 숲은 매우 습했다. 우윳빛 안개도 자욱했다. 산에서는 아무 소리도 나지 않았고 그저 나의 숨소리만 거칠게 울릴 뿐이었다. 오랜만에 하는 산행이었다. 나는 아무 말도 하지 않고 그저 축축이 젖은 발을 움직였다. 앞의 두 사람은 전혀 힘들지 않은 듯 거침없이 산을 올랐다. '모텔에서 물이라도 가져올걸.' 하는 후회가 밀려왔다. 목에서 피 맛이 났다.

정상에 오르니, 안개는 더욱더 진해져 있었다. 난 그대로 땅에 누워버렸다. 옷이 흙투성이가 될 걸 알았지만 도저히 서 있을 수가 없었다. 누워 있는데도 다리가 희미하게 떨려오는 듯했다. 셔츠에서 땀 냄새와 흙냄새가 섞여 코를 찔렀다.

진 요원이 다가와 나를 내려다보며 말했다.

"괜찮아요? 평소에 운동 좀 하지 그래요?"

"이 판다 머리가 무거워서 그런 겁니다. 평소 모습이라면 저도 가뿐하게……. 하아……."

"핑계 대지 말고 어서 일어나세요."

그녀의 말에 난 겨우 일어나 몸에 묻은 흙을 털었다. 그제 야 물고기 남자와 진 요원이 향하는 방향에서 불빛이 빛나는 것이 눈에 들어왔다. 가까이 가보니 24시 편의점이라는 간판이 세워져 있었다. 건물 1층은 편의점이고, 2층은 누군가가 사는 집처럼 보였다. 이런 산꼭대기에 편의점이 왜 있는 건지 나로서는 도저히 이해할 수 없었다. 그것도 24시 편의점이 말이다. 주위를 둘러보아도 이 편의점에는 아무도 찾아오지 않을 것 같았다. 정말 이상한 곳이라고 생각했다.

"저는 여기서 기다릴게요. 어서 해결해 주세요."

물고기 남자가 말했다.

"걱정하지 마세요. 금방 끝날 겁니다."

진 요원은 그렇게 말한 뒤 편의점 입구 쪽으로 걸어갔다. 난 왠지 발이 떨어지지 않아서 그대로 서 있었다. 그러자 진 요원이 뒤를 돌아보며 나를 불렀다.

"판다 님, 뭐 해요? 따라와요."

"네? 아…… 네."

나는 힘겹게 다리를 바닥에서 떼어내었다. 그리고 그녀를 따라 편의점 입구로 향했다.

입구에 도착한 진 요원은 조심스럽게 편의점 문을 열었다. 가게는 엉망인 채였다. 과자와 음식 포장들은 다 뜯겨 있었고, 냉장고 문은 열려 있는 상태였다. 도시락들이 바닥에 떨어져 뒹굴고 있었고 각종 음료들이 바닥에 흘러 섞여 있었다. 하지만 편의점을 그렇게 만든 '무언가'는 보이지 않았다.

진 요원과 나는 천천히 가게 내부를 둘러보았다. 계산대를 지나 냉장고 쪽으로 다가가자 뭔가가 바닥에서 꿈틀거렸다. 정체는 금방 알 수 있었다. 그들은 엄청난 크기의 '쥐'였다. '쥐'라고 표현했지만 이상하게 등에 날개도 달려 있었다. 나는 그들의 모습을 보고 놀라서 뒷걸음치다가 떨어져 있는 캔을 밟고 말았다. 내가 밟은 빈 캔은 내 구두를 벗어나 타일 바닥에서 큰 소리를 내며 굴렀다. 그 소리에 한 녀석이 눈을 떴다.

그는 나와 진 요원을 졸린 눈으로 차례로 바라보았다. 그러고는 놀라서 소리쳤다.

"침입자다! 침입자다! 못생긴 판다 녀석이 쳐들어왔어!"

"재미있는 녀석들이네. 침입자들은 너희들이지!"

진 요원은 가방에서 커다란 검을 꺼내며 말했다. 그녀는 말로 해결할 마음이 없는 것 같았다. 난 왠지 불안했다. 그런 나에게 그녀는 속삭이듯 작게 말했다.

"판다 님, 물러서 있어요. 위험한 녀석들이니까."

그렇게 말하는 순간 모든 쥐가 깨어났다. 총 다섯 마리였다. 그들은 날아서 사방으로 흩어져 버렸다. 그리고 빠르게 우리 주위를 맴돌며 소리쳤다.

"바보 같은 녀석들 우리 구역에서 꺼져버려!"

"네 녀석들이 무슨 권리로 우리의 자유를 빼앗는 거야!"

쥐들은 흥분해서 침을 튀겨가며 말했다. 진 요원은 가볍게 점프를 해서 한 녀석의 몸을 정확히 반으로 갈랐다. 쥐 한 마리가 피를 내뿜으며 바닥으로 추락했다. 쥐의 다리가 바닥에서 꿈틀거렸다. 끔찍했다. 난 고개를 최대한 숙이고 계산대 안쪽으로 몸을 숨겼다.

"자, 죽기 싫으면 어서 썩 꺼지시지. 도둑 쥐들아!"

진 요원이 당당하게 소리쳤다.

"저 자식이 넘버 쓰리를 죽였어. 두목, 어떻게 하지?"

한 쥐가 말했다.

"저년을 죽여!"

쥐 중에서도 가장 뚱뚱하고 흉측하게 생긴 쥐가 말했다.

그의 말이 끝나자 동시에 세 마리의 쥐가 진 요원에게 달려들었다. 그들은 굉장히 빠르고 날카롭게 공격을 해왔다. 하지만 진 요원은 아주 능숙하게 검으로 모든 공격을 받아냈다. 그리고 잠시 몸을 숙이더니 공중에 검을 돌렸다. 그녀를 공격하던 쥐들의 몸들이 순식간에 칼날에 잘려 나가 사방에 튀었다. 유리창에 몸통 일부분이 부딪히고 우리가 들어왔던 입구 쪽에도 잘린 쥐의 다리가 떨어졌다. 마치 믹서기에 갈려버린 것 같았다. 내가 숨어 있던 계산대 위에도 쥐 머리가 하나 날아왔다. 그것은 나를 한 번 바라보고는 뭐라고 중얼거렸지만 소리는 나지 않았다. 이제 한 마리의 쥐만 남아 있었다.

"자, 네가 두목인가?"

진 요원은 더러워진 검을 바닥에 털며 말했다.

그 쥐는 딱 봐도 다른 쥐들보다 더 강력해 보였다. 크기는 내 팔뚝만 했으며, 앞니는 강철처럼 단단해 보였다. 그는 눈앞에서 죽어버린 동료들을 보고 화가 잔뜩 난 것 같았다. 몸색이 처음 보았을 때보다 붉게 달아올라 있었다.

괴물 쥐는 냉장고로 날아가 무언가를 꺼내 마셨다. 자세히 보니 술이었다. 그는 목이 마른 낙타처럼 술을 마구 입 안으로 털어 넣었다. 그러고는 경박하게 병을 진 요원에게 던져버렸다. 진 요원은 그것을 가볍게 피했고 병은 벽에 부딪혀 깨지며 바닥에 떨어졌다. 진 요원은 생에 마지막 식사를 마친 생쥐를 죽일 생각에 신이 난 듯 한 표정이었다.

하지만 그녀의 표정이 곧 딱딱하게 굳어버렸다. 그리고 내게 소리쳤다.

"판다 님, 절대 나오지 마세요!"

술을 마신 생쥐 괴물은 몸이 더 커져 있었다. 더는 생쥐로 보이지도 않고 그저 괴상한 생명체로 보였다. 새끼 하마 같기도 했다. 그 괴물은 입에서 술인지 침인지 알 수 없는 액체를 질질 흘리며 진 요원에게 돌진했다. 나는 더 이상 볼 수가 없어 몸을 깊이 숙여버렸다. 계산대 너머로 무언가가 깨지는 소리가 났고 바닥에 무언가가 부딪히는 소리가 나기도 했다.

곧이어 아무 소리도 없이 조용해졌다.

궁금함에 고개를 들어보니, 진 요원이 바닥에 쓰러져 있었다. 그녀의 가느다란 다리 한쪽이 완전히 뜯겨나가 붉은 피를 마구 내뿜고 있었다. 그 모습은 마치 좀비 같아 보이기도 했다. 두목 쥐는 쓰러진 진 요원을 보고 깔깔거리며 웃었다.

그때, 두목 쥐와 눈이 마주쳤다. 그가 내게 천천히 걸어왔다.

"이봐 겁쟁이 판다 녀석, 쥐새끼처럼 숨어서 뭐 하는 거지?"

젠장, 쥐에게 쥐새끼라는 소리를 듣다니, 뭔가 기분이 나빴다. 난 자리에서 일어나 그와 협상을 시도해 보기로 했다. 그 괴물은 그래도 말이 통하니 협상이 가능할 거라는 생각이 들었기 때문이다. 그의 얼굴은 가까이서 보니 더욱더 징그러웠으며, 고약한 냄새가 났다.

"저희…… 말로 하는 게 어떨까요?"

"낄낄낄. 아니! 당장 너의 다리도 잘라서 먹어버릴 것이다. 아니다, 판다 얼굴을 뜯어 먹어버려야겠다. 판다 고기의 맛은 어떨지 궁금해졌거든."

내 앞에 서 있는 저 지저분한 쥐의 이빨에 내 목을 뜯기는 상상을 해버렸다. 내 인생은 이렇게 끝나는 것이다. 이대로 죽기는 싫었다. 난 가방에 갈 사장이 준 총이 있다는 것을 생각해 냈다. 조심스럽게 가방 속에 손을 넣었다. 차가운 권총의 촉감이 느껴졌다. 재빨리 권총을 꺼내 괴물 쥐에게 겨누며 소리쳤다.

"물러서!"

"낄낄낄. 그걸로 날 죽일 수 있다고 생각하나? 낄낄낄."

난 권총을 장전하고 녀석에게 조준했다. 손이 심하게 떨려왔다. 총의 무게 때문인지 그저 내가 떨고 있는 건지 알 수 없었다. 두목 쥐는 여전히 웃으며 내게 성큼성큼 다가왔다. 난 어쩔 수 없이 방아쇠를 당겼다.

탕!

편의점에 총소리가 공허하게 울렸다. 하지만 내가 쏜 총알은 보기 좋게 그 녀석에게서 빗나가 버렸다. 두목 쥐는 여전히 내게 걸어오고 있었다. 내가 다시 방아쇠를 당기려는 순간 그 녀석 등 뒤에 무언가가 보였다. 진 요원이 서 있었다. 그녀는 두목 쥐의 심장에 검을 단숨에 찔러 넣었다.

"으악!"

두목 쥐는 내 얼굴에 피를 토하며 쓰러졌다. 고약한 냄새가 코를 찔렀다. 나는 다리에 힘이 풀려 그대로 주저앉아 버렸다. 진 요원의 다리는 어느새 감쪽같이 다시 생겨나 있었다. 어떻게 된 건지 알 수 없었지만 다행이라고 생각했다. 난 진 요원을 올려다보며 말했다.

"……놀랐다고요."

"저도 놀랐어요. 이런 곳에 이렇게 위험한 놈이 있을 줄은……. 그래도 걱정하지 마세요. 전 보기보다 강하거든요. 그나저나 그 총은 어디서 난 거죠?"

"갈 사장님이 주신 거예요."

"설마 갈 사장님이 생각보다 위험한 임무일 거라는 걸 알고 있었나? 아이 씨, 얼마 전에 산 옷인데 엉망이 됐네. 본부에 보고해서 모두 청구해야겠어요. 물론 판다 님 증언도 필요한데, 해주실 거죠?"

그녀는 나를 일으켜 주며 말했다. 나는 알겠다고 대답하며 일어났다. 그녀의 원피스는 위쪽 일부분이 뜯겨나가서 속옷이 보였다. 내가 그것을 말해주자 그녀는 당황한 듯 손으로 그곳을 가렸다. 그러고는 나를 째려보았다. 내가 그런 게 아닌데 왜 나를 노려보는지 알 수 없었지만, 그녀가 들고 있는 검에서 무섭게 피가 뚝뚝 떨어지고 있었기에 미안하다고 말했다.

나와 그녀는 괴물 시체를 가게 한구석에 모았다. 모아보니, 마치 오래된 퍼즐 조각 같았다. 그녀는 보고할 때 필요하다며 휴대폰을 꺼내 사진을 여러 장 찍었다. 그녀가 본부와 연락하는 사이 나는 물고기 아저씨가 가게를 정리하는 것을 도와주었다. 난 딱히 한 게 없으니 뒷정리라도 도와줘야 할 것만 같았다. 물고기 남자의 지시하에 버릴 물건과 버리지 않을 물건을 분류했다. 쓰러진 가판대를 세우고, 쓰레기로 가득한 바닥을 빗자루로 쓸었다.

"아침은 먹었나?"

어느 정도 정리가 마무리될 무렵, 물고기 남자가 말했다.

그러고 보니 배가 고팠다. 나는 먹지 않았다고 말했다. 그는 나와 진 요원에게 시원한 얼음이 가득한 아이스 커피 한 잔과 샌드위치 한 봉지씩을 주었다. 날짜가 하루 지난 샌드위치였지만 생쥐들이 건들지 않은 몇 가지 남지 않은 것들 중 하나였다. 생쥐 괴물들은 아마도 채소를 싫어하는지도 모른다.

나와 진 요원은 편의점 앞 벤치에서 샌드위치와 아이스 커피를 욱여넣듯 흡입하였다. 샌드위치는 생각보다 맛있었고 아이스 커피는 기분 좋게 차가웠다.

첫 번째 임무를 해결한 지금, 벤치에 앉아 24시 편의점을 바라보니 이곳이 그다지 이상해 보이지 않았다. 산속 편의점을 이상하게 바라본 나 자신이 오히려 더 이상하게 느껴졌다. 나야말로 누군가 만들어놓은 평범함의 틀 안에 살고 있는 한 마리의 쥐 같았다.

진 요원과 나는 다시 산에서 내려왔다. 넓은 호수가 우리를 다시 반겨주고 있었다. 우리는 그 호수에서 두 번째 임무를 확인했다. 이번에는 검은 지우개를 가방에서 꺼내 호숫가에 넣었다. 지우개는 가라앉지도 않고 수면 위에 떠 있었다. 그리고 곧 호수 전체가 검게 변해버렸다. 검게 변해버린 호수 수면 위에 흰 숫자들이 크게 나타났다.

"#128030."

나는 그 숫자들을 다이어리 뒷장에 적었다. 그리고 다시 검은 지우개를 호수에서 뺐다. 호수는 금세 원래의 색으로 돌아왔다. 햇빛에 호수의 수면은 아무 일도 없었던 듯 다시 반짝거렸다.

굴다리를 걸으며 나는 진 요원에게 물어보았다.

"아까 분명 요원님 다리가 잘렸는데 어떻게 다시 생겨난 거죠?"

"저의 능력이죠. 초능력 같은 거요."

"신체 어디가 잘려도 다시 자라납니까? 마치 도마뱀 꼬리처럼?"

"도마뱀이라고 하니까 좀 그런데, 뭐 그런 셈이죠."

"와…… 대단한데요."

"제가 나름 강하다고 했잖아요. 안심하시라고요, 판다 님."

어느새 해가 강하게 내리쬐고 있었지만, 굴다리만큼은 여전히 어두웠다. 앞장서서 걷는 그녀의 뒷모습이 흐릿하게 보였다. 하지만 그녀의 뒷모습은 처음 굴다리를 지날 때 보았던 뒷모습보다 더욱 빛을 내고 있었다. 특히 그녀의 새로 자란 다리가 유난히 반짝였다.

그녀는 차에 도착하자마자 옷을 갈아입을 테니 뒤돌아 있으라고 말했다. 나는 어쩔 수 꽤 오랫동안 흘러가는 구름을 바라보며 서 있어야 했다. 다 갈아입었다는 그녀의 말에 차에 타니, 그녀는 이번에는 노란색 꽃무늬 원피스를 입고 있었다.

"혹시 몰라 여유분의 옷을 가져오길 잘했네요. 원래 이번 여름휴가 때 입으려고 사둔 건데, 어울리나요?"

나는 잘 어울린다고 말해주었다. 사실 그냥 어울리는 정도가 아니었다. 계절이 마치 봄으로 돌아간 듯한 기분마저 들었다. 내 얼굴이 사람 얼굴이었다면, 분명 빨개졌겠지.

4.

　눈을 떴을 때, 나는 코를 골았는지 거친 숨을 내쉬고 있었다. 나도 모르게 잠들어 버렸나 보다. 아무래도 아침부터 산에 올라갔다가 내려왔기 때문일 거라고 생각했다. 진 요원은 피곤하지도 않은지 씩씩하게 운전대를 잡고 있었다. 너덜너덜해진 옷을 새로운 것으로 갈아입은 덕분에 그녀는 전혀 싸움을 한 사람처럼 보이지 않았다.

　그녀의 차가 멈춰 선 곳은 어느 학교 앞이었다. 커다란 느티나무가 교문 앞에서 더위에 지친 듯 힘없이 잎을 늘어뜨린 채 흔들고 있었다. 오후 1시를 넘어선 시간, 날씨는 5분도 안 돼서 갈증이 날 정도로 뜨거웠다. 나는 마른침을 삼키며 입을 열었다.

"주말이라 학생들도 없을 텐데…… 이곳에서 무슨 임무를 수행하라는 거죠?"

나의 말에 진 요원은 어깨를 으쓱할 뿐이었다. 임무 장소는 분명히 이곳이 맞다고 했다.

우리는 교문을 지나 학교 안으로 들어갔다. 그러고 보니 정말 오랜만에 학교란 곳에 들어선 것이었다. 우측에는 베이지색 페인트를 칠한 학교 건물이 보였다. 페인트를 칠한 지 얼마 되지 않은 듯 어색한 느낌을 주고 있었다. 앞쪽에 보이는 커다란 운동장은 오후의 강한 햇빛을 그대로 받아들이고 있었다. 지독한 더위였다. 매미 소리가 어딘가에서 희미하게 들려왔다.

그때 운동장 중앙에 서 있는 사람 한 명을 발견했다. 그리고 진 요원에게 알려주었다. 그녀는 그곳으로 가보자고 했다. 우리가 다가가도 운동장에 있는 그 사람은 우리 쪽을 바라보지 않았다. 계속 땅을 내려다보고 있을 뿐이었는데 마치 죽어버린 나무 같기도 했다.

"이봐요."

진 요원의 말에 비로소 그가 우리 쪽을 바라봤다. 하지만 그는 이내 다시 땅을 내려다보았다. 그는 이 학교 학생인 듯 교복을 입고 있었다. 교복은 녹색 줄무늬 셔츠와 짙은 녹색 바지였는데 지독하리만큼 촌스러워 보였다.

"이봐요, 학생. 여기서 무엇을 하고 있죠?"

진 요원이 소년에게 다시 말을 걸었다.

"혼자 있고 싶어요."

소년은 여전히 우리를 보지 않고 말했다.

"정말 죄송하지만, 당신이 우리 회사에 일을 의뢰한 사람이 아닌가요?"

"그건 맞을 겁니다."

진 요원은 당황스럽다는 얼굴로 나를 돌아보았다. 그리고 나에게 그 학생과 대화를 나눠보라고 했다. 난 주머니에 넣어둔 손을 빼고 조심스럽게 그에게 다가갔다. 소년은 여전히 미동도 하지 않고 땅을 바라보고 있었다.

"안녕하세요, 저희가 어떤 일을 도와드리면 되죠?"

"당신과는 이야기하기 싫어요. 저 누나와 이야기하겠어요."

소년은 날카롭게 말했다. 나는 어쩔 수 없이 뒤를 돌아 진 요원을 바라봐야만 했다. 더워서인지 당황해서인지 등에 땀줄기가 흘렀다. 어쩔 수 없이 우리는 역할을 바꿨다. 난 뒤에서 진 요원과 학생이 이야기하는 것을 지켜봤다.

소년은 진 요원을 보고 무언가 이야기를 하고 있었다. 어떤 이야기인지 들릴 것 같기도 해서 최대한 귀를 기울여 보았지만 진 요원이 뒤를 돌아 멀리 떨어지라는 손짓을 했다.

그리고 팬터마임을 하듯이 입을 과장되게 움직였다.

"더 떨어져 있으래요, 판다 님은!"

저 녀석도 어쩔 수 없는 남자라는 생각이 들었다. 분명 진 요원이 이쁘고 귀여우니까 둘만 이야기하고 싶은 것이리라. 유치한 녀석. 학생을 이해해 보려고 했지만 어째서인지 소외감이 좀 들었다. 어쩔 수 없이 다시 주머니에 손을 찔러 넣고 나무 그늘 쪽으로 걸어갔다. 그늘 아래 커다란 바위가 있어, 그곳에 앉아서 운동장 중앙에서 대화를 주고받는 둘을 지켜보았다. 마치 새로 온 교생 선생님과 사고를 한바탕 친 학생 같아 보였다.

잠시 후, 진 요원이 내 쪽으로 다가왔다. 학생은 여전히 미동도 하지 않고 운동장 바닥을 내려다보고 있었다. 나는 어떤 이야기를 나눴는지 궁금했기에 진 요원에게 서둘러 입을 열었다.

"저 녀석, 뭐라고 합니까?"

"저 운동장 중앙을 파달래요. 여자 친구와 얼마 전에 헤어졌는데, 연애편지를 서로에게 쓰고 저 중앙에 묻었나 봐요. 오늘이 원래 같이 땅을 파서 확인해 보기로 했던 날이래요. 오늘이 1주년이라고 하더라고요. 여자 친구가 다른 학교 학생이랑 바람이 났나 봐요. 농구부 주장이라나 뭐라나. 아무튼 꽤 심각하더라고요."

"네? 그게 이번 일인가요? 이번에는 괴물 같은 거 안 나오나요?"

"원래 이렇게 간단한 의뢰가 정상이에요. 아까는 좀 예상치 못한 녀석들이 나타난 거고요."

나는 소년을 다시 바라봤다. 나도 얼마 전 이별을 해서인지 그의 뒷모습이 안쓰러워 보였다. 어째서인지 내 학창 시절과 겹쳐 보이기까지 했다.

"그리고 판다 님이 삽으로 저 구멍을 파달래요. 꼭 판다 님이 해줘야 한다고 했어요."

"아닌 것 같은데……."

"맞아요. 판다 님이 힘을 잘 쓸 것 같다면서. 자자, 어서 움직이라고요."

이번에도 그녀가 거짓말을 하고 있는 것 같았지만, 그녀가 삽질하는 것보다 내가 하는 게 마음이 편할 것 같았다. 내가 삽이 어디 있냐고 묻자 진 요원은 손가락으로 교단 쪽을 가리켰다. 그 아래 창고 문 같은 게 보였다. 소년이 주었다는 창고 열쇠를 흔들며 진 요원은 창고 쪽으로 걸어갔다. 어째서 저 소년은 학교 창고 열쇠를 가지고 있었는지 알 수 없었지만 진 요원을 따라 창고로 향했다. 철문에는 커다란 분홍색 자물쇠가 매달려 있었다. 진 요원은 열쇠를 자물쇠 구멍에 찔러 넣었다. 자물쇠는 기분 좋게 딸각 소리를 내며 풀렸다.

마치 우리를 기다리고 있었다는 듯이.

철문을 잡아당기니 안쪽에서 차가운 공기가 느껴졌다. 그리고 익숙한 지하실 냄새가 풍겼다. 삽은 쉽게 찾을 수 있었다. 삽 옆에 굉장히 눈길이 가는 기계가 있었기 때문이다. 그건 바로 음료 자판기였다.

나는 진 요원에게 물었다.

"이 세계에는 이런 창고에 자판기를 설치하나요?"

"그럴 리가 있어요? 빨리 삽이나 챙기세요."

"목이 마른데 음료수 하나 사주시면 안 될까요? 제가 이 세계 돈도 없고 어제 담배도 사드렸으니."

"담배 하나 사주셨다고 엄청나게 생색내시네요? 전 어제 맥주도 사드렸잖아요."

그녀는 투덜거리면서도 핸드백을 열었다.

"이번이 마지막이라고 생각하고 하나만 사주세요. 마시고 제가 열심히 땅을 팔 테니까."

나는 한 발짝 뒤로 물러서며 말했다. 그녀가 가방을 열면 이제 조금 긴장되었기 때문이다. 칼 말고도 어떤 게 튀어나올지 모르니까. 하지만 그녀는 다행히도 지폐를 꺼냈다. 그것을 자판기에 찔러 넣자 음료 아래 버튼이 깜박거렸다. 진 요원이 먼저 고르라고 하여 나는 복숭아가 그려진 음료수의 버튼을 눌렀다. 그러자 덜컹 소리와 함께 음료 캔이 아래로 떨어졌다. 진 요원은 같은 음료 두 개를 더 뽑았다. 난 몸을 낮춰 자판기에서 음료수를 빼냈다. 오랫동안 보관되어 있었는지 얼음처럼 차가웠다.

진 요원과 나는 삽과 음료를 나눠 들고 창고를 나왔다. 그런데 운동장이 아까와는 좀 달라 보였다. 소년이 사라진 것이다.

"학생이 사라졌어요!"

내가 말했다. 우리는 운동장 중앙으로 달려갔다. 그리고 주변을 둘러보았지만, 소년의 모습은 어디에도 보이지 않았다. 그때 진 요원이 소리쳤다.

"아이씨!"

진 요원은 들고 있던 음료 두 개를 땅에 던지고는 빠르게 학교 건물 쪽으로 달려갔다. 그리고 뒤돌아 나를 보며 소리쳤다.

"옥상이에요!"

난 학교 건물 옥상을 올려다보았다. 어느새 소년은 옥상 난간에 위태롭게 서 있었다. 금방이라도 아래로 떨어질 것만 같았다. 나 역시 들고 있던 삽을 내려놓고 전속력으로 달리기 시작했다.

"가까이 오지 마세요!"

소년은 다리 하나를 옥상 난간 위에 걸친 상태로 우리에게 소리쳤다. 옥상에 도착했지만 전속력으로 달려서 나는 말이 나오지 않았다. 하지만 진 요원은 아무렇지 않은 듯 소년과 대화를 시도하고 있었다.

"어이, 귀여운 친구! 일단 진정하고 다리를 내려놔! 나랑 대화를 좀 하자고!"

"다가오면 뛰어내릴 거예요!"

그는 정말 뛰어내릴 기세였지만 다행히도 난간을 꼭 쥐고 있었다. 그의 얼굴에서 눈물이 흘러내렸다. 그의 표정에서 공포감과 슬픔이 공존하는 듯한 느낌을 받았다. 자칫하면 그가 이성을 잃고 두 손을 놓아버릴 수도 있겠다는 생각이 들었다. 차분했던 그가 갑자기 이렇게 흥분하는 이유를 나로서는 전혀 알 수가 없었다. 진 요원과 나는 어쩔 수 없이 뒤로 물러섰다. 진 요원은 나를 노려보았다. 어떻게 좀 해보라는 눈치였다. 나는 그제야 소년에게 입을 열었다.

"이봐, 잘생긴 친구. 나도 최근에 이별을 했어. 보기 좋게 차였지. 그래서 자네 마음을 누구보다 잘 알아. 일단 이 음료수를 좀 먹으라고."

나는 차가운 복숭아 맛 음료를 높이 들어 흔들었다. 해는 지칠 줄 모르고, 젖은 나의 셔츠를 말려주고 있었고 또 그만큼의 땀을 흘리게 만들고 있었다. 들고 있는 캔만은 다른 세상의 물건처럼 차가웠다.

나는 그것을 바로 따서 내 몸 안으로 흘려보내고 싶었지만 겨우 참았다. 허리를 숙여 캔을 적당한 힘으로 소년 쪽으로 굴려 보냈다. 캔은 뜨거운 아스팔트 옥상 지면에 닿아 경쾌한 소리를 내며 소년 쪽으로 빠르게 굴러갔다. 소년은 굴러오는 음료수 캔을 바라보았다. 다행히도 그의 다리가 조금은 난간에서 내려왔다.

"이게 뭐죠?"

소년이 물었다.

"아까 그 창고에 자판기가 있더라고. 이 이쁜 누나가 사주시는 거야. 일단 먹어보라고. 굉장히 차가워."

캔은 어느새 소년의 발 앞에 멈춰 있었다. 미친 듯이 갈증이 났다. 그건 아마도 소년도 마찬가지일 것이다. 그는 그 음료 캔을 보고 입맛을 다셨다. 그리고 나도 진 요원도 마른침을 삼켰다.

그는 천천히 난간에서 두 다리를 내려놓았다. 지면에 그의 두 다리가 놓인 게 보이자 나와 진 요원은 안도했다.

"이 음료수는…… 하나가 가장 좋아하는 음료수였어요. 저도 덕분에 이 음료수를 좋아하게 됐죠. 처음에는 맛이 밍밍해서 이상하다고 생각했는데 점점 맛있어지더라고요. 이 음료수를 먹을 때마다 하나의 얼굴이 떠올라요."

소년은 힘없이 말했다.

"'하나'가 그녀의 이름인가 보지?"

나의 질문에 소년은 고개를 끄덕였다.

"추억이 담긴 음료수로군. 어서 시원할 때 마셔보라고. 지금 저 망할 태양 때문에 그 음료가 미지근해질지도 몰라. 그건 정말 슬픈 일이야. 안 그래?"

"그러네요, 음료수는 시원할 때 먹어줘야 예의죠."

"그래, 맞아. 시원함은 축복이라고."

소년은 몸을 숙여 음료 캔을 잡았다. 음료의 차가운 온도가 마음에 들었는지 소년의 얼굴에 희미하게 미소가 지어졌다. 소년은 캔을 따서 바로 들이켰다. 음료를 목구멍으로 넘길 때마다 그의 목젖이 위아래로 움직였다. 마치 춤을 추듯이.

나는 다시 한번 마른침을 삼켜야 했다. 침에서는 오래된 소금 맛이 나는 것만 같았다. 나는 달려가 그가 마시고 있는 음료수를 뺏어서 내 입 안에 털어 넣고 싶었다. 하지만 결국 그러지는 않았다. 음료수를 잘 마시던 소년은 갑자기 이상하게 몸을 휘청거리더니 쓰러지려했다.

재빠르게 진 요원이 소년을 향해 달려갔다. 난 놀라 아무 것도 못 하고 그것을 멍하니 바라보았다. 소년은 의식을 잃고 옥상 난간으로 몸을 늘어트리고 있었다. 저대로라면 곧 아래로 떨어질 것이다. 진 요원이 빠르게 소년의 손을 잡았지만 소년의 무게를 지탱하지 못하고 그대로 같이 옥상 아래로 떨어지고 말았다.

순식간에 옥상에는 나 혼자만 남게 되었다. 태양이 잠시 구름 뒤로 몸을 숨겼다. 옥상에 그늘이 졌고, 어디선가 서늘한 바람이 불어왔다. 바람은 나의 땀을 조금 식혀주고 또 어딘가로 금세 사라져 버렸다.

난간으로 달려가 아래를 보았을 때, 바닥에는 피가 흥건했다. 그 피는 진 요원의 피 같아 보였다. 그녀의 노란색 원피스가 피로 잔뜩 물들어 있었기 때문이다. 그녀의 다리 하나가 또 떨어져 분리되어 있었다. 그녀는 어떠한 미동도 없이 바닥에 누워 있었다. 그녀의 몸 위로는 소년이 누워 있었고 옆에는 진 요원의 노란 우산이 펼쳐져 있었다.

그때 소년의 작은 움직임이 내 눈에 들어왔다. 난 빠르게 계단을 향해 달렸다. '진 요원이 죽었으면 어쩌지.' 하는 생각이 머릿속에 가득했다. 어쩌면 소년에게 음료를 마시게 한 게 잘못한 건지도 모른다.

내가 그들이 추락한 곳에 도착했을 때 진 요원은 학생의 멱살을 잡고 있었다. 그녀의 다리도 새로 자라 있었다. 그 모습을 직접 봤는지 소년의 얼굴은 마치 귀신을 본 것처럼 겁에 질려 있었다.

소년에게 진 요원이 소리쳤다.

"일단, 너 자신이나 사랑해!"

진 요원은 소년을 놓아주고는 일어나 노란 우산을 집었다. 우산을 빠르게 접어 가방 안에 넣고는 담배를 꺼내 입에 물었다. 난 학교에서 담배를 피우면 안 된다고 말해줄까 싶었지만 진 요원의 눈가가 축축했기에 그만두었다. 난 소년을 일으켜 세워서 계단에 앉혀주었다. 소년의 몸은 희미하게 떨리고 있었다. 난 그의 등을 쓸어내려 주며 진정시켜 주었다.

잠시 후 소년이 작은 목소리로 내게 말했다.

"갑자기 어지러워서……. 정말 떨어질 생각은 없었어요. 죄송해요."

"햇빛 아래 너무 오래 서 있었던 탓일 테지."

나는 소년을 안심시켜 주었다. 그리고 그 친구의 등을 몇 번 더 쓸어내려 주고 나서 진 요원에게 다가갔다. 진 요원은 나무 그늘에 앉아 담배를 비벼 끄고 있었다. 난 뜨거워진 머리털을 긁으며 말했다.

"미안해요. 도움이 되지 못하고, 괜히 일을 꼬이게 만들어서."

"괜찮아요, 판다 님도 잘해보려고 하는 마음에서 그런 건데요."

"근데 이번에는 정말 요원님이 죽은 줄 알았어요."

"그랬으면 좋겠어요?"

물론 아니라고 나는 대답했다. 진 요원은 더 높은 곳에서 떨어져도 죽지 않는다고 말해주었다. 하지만 높은 곳에서 떨어지는 건 그녀가 싫어하는 것 중 하나라고 했다. 칼에 팔다리가 잘려나가는 것보다도.

"이유를 물어봐도 될까요?"

나는 그녀에게 물었지만, 대답은 돌아오지 않았다.

난 운동장에 버려진 음료 두 개를 주워 흙을 털었다. 그리고 진 요원에게 한 개를 건넸다. 우린 미지근해진 음료를 마시고 잠시 휴식을 취했다. 진 요원은 꽤 지쳐 보였다. 어쩔 수 없이 홀로 운동장 중앙으로 가 땅을 파기 시작했다. 잠시 후 소년이 다가와 위치를 알려주었다.

"이쯤인 거 같아요."

"정확한 건 아니란 소리지?"

"네."

"자네가 묻었다며?"

"판다 님, 그게 벌써 1년 전이라고요. 그때 당시에는 표시가 있었지만, 비가 오고 눈이 오고 다른 친구들이 뛰어다닌 운동장이라고요. 아무리 생각해 봐도 정확한 위치가 기억이 안 나더라고요. 그래서 아까부터 한참을 내려다보고 있었어요. 그럴 때 있잖아요? 생각날 것 같으면서도 생각이 안 나고 잡힐 것 같으면서도 잡히지 않는 것. 알죠? 기억도 사랑처럼 그런 거라고요."

소년이 이제는 괜찮아 보이는 것 같아서 마음이 놓이기도 했지만 뻔뻔한 그의 행동에 조금 짜증도 났다. 하지만 그가 이번 일의 의뢰인이니 어쩔 수 없었다. 난 그가 손가락으로 가리킨 곳을 삽으로 무작정 파야만 했다. 소년이 어떤 깊이로 묻었는지 대략 기억하고 있었기 때문에 그 정도의 흙을 파내면 다른 곳으로 이동했다. 군대에서 삽질을 많이 한 경험이 그래도 도움이 되었다. 금세 내 옷은 다시 땀에 젖어버렸다.

네 번째 구멍을 팠지만, 여전히 캡슐은 나오지 않았다. 나의 거친 숨소리가 내 귓가에 맴돌았다. 정확히 다섯 번째 구멍을 파냈을 때 삽 끝에서 무언가가 걸리는 소리가 났다. 마치 딱딱한 뼈를 내리친 느낌이 들었다. 자세히 보니 둥근 플라스틱이 눈에 들어왔다. 내가 구멍을 더 깊이 파자 동그란 캡슐 두 개가 모습을 드러냈다. 생각보다 큰 캡슐이었다. 타조알 정도의 크기다. 실재하지 않을 것만 같았던 물건이 실제로 모습을 드러내니 묘한 기분마저 들었다.

소년은 어느새 진 요원 옆에 가서 이야기를 나누고 있었다. 난 그 둘에게 소리쳤다.

"찾았다!"

소년과 진 요원이 내게 달려왔다. 소년은 내가 들고 있는 캡슐 두 개를 확인하고는 말했다.

"오! 이거예요!"

난 그 캡슐을 하나는 소년에게, 하나는 진 요원에게 건넸다. 그러고는 떨리는 손을 털고 소년에게 물을 마실 곳이 있는지 물어보았다. 심한 갈증이 느껴졌기 때문이다. 소년은 손을 뻗어 학교 건물 뒤쪽을 가리켰다.

"저 계단을 올라가면 수돗가가 나와요."

"그 물 마셔도 되는 거야?"

"그럼요, 우린 매일 먹는걸요."

"근데 왜 미리 알려주지 않았지?"

"물어보지 않으셨잖아요."

"그렇군."

물을 마시면서 이제 두 번째 임무도 해결했다는 해방감이 들었다. 물은 기분 좋게 차가웠다. 어쩌면 지하수일지 모른다. 계단을 다시 내려가니 진 요원과 소년은 나무 그늘 아래에 서 있었다. 그 둘은 캡슐을 바위에 올려놓고 그저 바라보고 있었다.

난 진 요원에게 다가가 물었다.

"이번 임무도 해결인가요?"

"어쩌죠, 판다 님. 소년이 아직 부탁이 하나 더 있다는데요."

난 젖은 셔츠를 펄럭거리며 소년을 바라보았다. 소년은 슬픈 표정으로 캡슐을 바라보고 있었다. 난 진 요원에게 더 가까이 다가가 작은 목소리로 물었다.

"어떤 부탁이죠?"

"저 캡슐 속 편지를 읽어달래요."

"네? 자기가 읽으면 되잖아요"

"그럴 용기가 안 난대요. 판다 님이 읽어줘요."

어쩔 수 없었다. 나는 장소를 이동해서 교단 위에서 편지를 읽는 것을 제안했다. 이왕 하는 거 제대로 낭독을 해보고 싶었기 때문이다. 소년은 좋다고 했고, 진 요원은 이상하다는 듯 나를 쳐다보았다. 소년과 나는 캡슐 하나씩을 들고 앞

장서서 교단 위로 올라갔다. 진 요원도 어쩔 수 없이 교단 위로 올라와 난간에 걸터앉았다. 캡슐에는 버튼 하나가 있었는데 그것을 누르니 가볍게 열렸다. 안에는 덩그러니 종이 한 장이 들어 있을 뿐이었다.

난 종이를 들고 목소리를 가다듬은 뒤 큰 소리로 읽기 시작했다.

"안녕? 하나. 너와의 첫 만남을 잊지 못할 것 같아. 내가 운동장에서 축구를 하다가 장갑을 흘렸는데 네가 그것을 주워서 나에게 가져다주었지. 추운 날이어서 너의 볼은 아름다운 사과처럼 빨개져 있었어. 난 그 모습에……."

"아, 판다 님. 그건 제 편지네요."

소년이 내가 들고 있던 종이를 낚아채며 말했다. 그러고는 그것을 서둘러 주머니에 구겨 넣었다.

"어쩐지 글씨가 엉망이더라. 그럼 이번엔 진짜로 하나 양의 편지를 꺼내 읽을게요."

난 왼쪽 캡슐을 들어 버튼을 눌렀다. 그 안에도 여전히 똑같은 종이 한 장이 들어 있었다. 난 그 종이를 펴서 바라보았다. 아까 그 종이에 적힌 글자들보다 확실히 더 깔끔한 서체의 검은 글자들이 적혀 있었다. 난 천천히 소리 내어 그 편지를 읽기 시작했다.

"안녕, 오늘 정말 즐거웠어. 갑자기 편지를 쓰자는 나의 말을 받아줘서 또 고마워. 이건 1년 뒤에 볼 편지니까 왠지 비밀 이야기 같은 걸 적어야 할 것만 같다. 우리 첫 만남 기억해? 내가 너의 장갑을 주워서 가져다줬잖아. 사실 그 장갑 내가 주운 게 아니야. 친구가 주워서 내게 보여주었지. 나는 내가 대신 가져다주겠다고 했어. 왜냐하면 친구는 부끄러움이 많은 아이였거든. 왠지 너를 좋아하고 있는 것 같았어. 난 질투가 났지. 그때 난 괜히 관심도 없는 널 빼앗아 보고 싶었어. 그래서 내가 대신 가져다준 거야. 그렇게 내가 널 쟁취해 냈지. 난 널 얻었지만 내 친구와는 멀어졌어. 그 소문이 퍼지면서 난 학교에서 따돌림을 당하고 있어. 넌 모르겠지만 우리 반 학생들 사이에서 난 매우 나쁜 학생이 되어버렸어. 이제 돌이킬 수 없어. 너와는 언젠가 헤어질 생각이야. 정말 미안해."

나는 편지를 다 읽고 소년을 보았다. 소년은 이름 모를 풀을 씹은 듯한 얼굴을 하고 있었다. 그는 알 수 없는 욕을 입밖으로 내뱉으며 땅에 있는 빈 캡슐 통을 발로 차버렸다. 캡슐 통은 탕 소리를 내며 운동장 쪽으로 날아가 버렸다.

"으악!"

"진정하게 친구."

나는 소년을 말리며 말했다.

"지금 진정하게 생겼어요? 하나가 날 속인 거라고요! 날 처음부터 좋아하지도 않았어요! 그리고 미리 헤어질 것을 계획하고 있었던 거라고요. 어떻게 그럴 수가 있죠? 전 정말 하나를 좋아했다고요. 매일 밤 행복하게 해줄 생각만 했는데!"

소년은 운동장으로 내달렸다. 그는 계속 욕을 허공에 내뱉으며 운동장을 달렸다. 나와 진 요원은 그런 그를 바라보았다. 더는 우리가 할 수 있는 게 없었다. 더워서 같이 운동장을 달려줄 엄두도 나지 않았다. 나는 이미 삽질을 하느라 지쳐 있었고 진 요원도 부상 회복으로 많은 체력을 소모한 상태였다. 소년은 운동장 열세 바퀴 정도를 돌고는 우리가 있는 곳으로 왔다. 소년의 눈은 붉게 충혈되어 있었다.

그가 고개를 숙이고 입을 열었다.

"판다 아저씨, 고마워요. 덕분에 저 열심히 살아가기로 했어요. 전 아직 진정한 사랑을 하지 않은 거라고요. 착각했을 뿐이에요."

"그래, 힘내. 자네라면 언젠가 진정한 사랑을 만날 거야."

난 진심으로 소년을 위로했다. 그 위로는 이중적이게도 나를 향한 위로 같기도 했다.

"저의 의뢰는 여기서 끝이에요. 정말 감사합니다."

소년은 그 말을 마지막으로 등을 돌려 교문 쪽으로 걸어갔다. 나와 진 요원은 운동장에 서서 멀어져 가는 소년의 뒷모습을 바라보았다. 오랜 시간이 흐르지는 않았지만 그새 소년의 뒷모습은 어른처럼 보이기도 했다. 난 그가 죽지 않아서 정말 다행이라고 생각했다.

**

모텔로 돌아와 샤워하고 새 옷으로 갈아입었다. 새 옷은 진 요원이 미리 준비해 주었다. 흰색 반소매 와이셔츠와 검은 면바지, 내가 즐겨 입는 옷 스타일을 파악하고 미리 준비해 준 것 같았다. 새 옷은 부드러웠으며 기분 좋은 베이비파우더 향이 났다. 머리를 말리고(머리와 얼굴 전체의 털을 말리는 데에도 긴 시간이 걸렸다.) 호텔 침대에 누워 잠시 눈을 감아보았다. 희미하게 이불에서 다림질 냄새 같은 게 났다.

이제 마지막 임무만 마무리하면 되었지만, 우린 너무나 지쳐 있었다. 진 요원이 놀아오는 길에 삼시라도 쉬어야겠다고 말을 했을 때, 난 바로 수긍했다. 그리고 아주 자연스럽게 다시 어제 묵었던 모텔로 오게 된 것이다. 잠시 쉬고 갈 예정이라 방은 한 개만 잡기로 했다. 어제 봤던 그 모텔 주인은 우리를 보자 오래된 친구를 다시 만났다는 듯이 인사했다. 그는 어제와 같은 키를 진 요원에게 건넸다. 진 요원이 키를 낚아채고는 엘리베이터 쪽으로 발길을 옮기자, 모텔 주인은 얼굴을 빼고 내게 속삭이듯 말했다.

"이봐, 둘이 아주 불이 붙었군. 맥주가 필요하면 또 말하라고."

똑똑.

나는 그대로 잠이 들 것만 같았다. 노크 소리만 아니었다면 정말 깊은 잠에 빠져들었을지도 모른다. 난 무거운 몸을 일으켜 문 쪽으로 걸어갔다. 문을 열자 진 요원이 하얀 비닐봉지를 들고 서 있었다. 그녀는 먹을 것을 사러 잠시 나갔다 온 것이었다.

진 요원은 방 안으로 들어와 테이블에 비닐봉지를 올려놓으면서 말했다

"새 옷이 잘 맞네요."

"이 옷은 언제 준비하신 거죠?"

"회사에서 제 가방으로 전송해 주셨어요."

"역시 엄청난 가방이군요."

"배고프실 텐데 어서 먹죠."

비닐 속에 든 건 도시락이었다. 미트볼 스파게티와 샐러드 그리고 빵도 있었다. 나는 서둘러 포크를 꺼내 스파게티를 입 안으로 밀어 넣었다. 지극히 평범해 보였던 스파게티는 의외로 너무 맛이 있었다. 미트볼은 씹는 맛이 독특했고 고소했다. 덕분에 잠시 정신을 놓고 먹은 듯했다. 정신을 차려 보니 내 앞에는 빵 하나만 남아 있을 뿐이었다. 진 요원은 아직도 스파게티를 씹고 있었다. 결국 그녀는 마지막 빵을 나에게 양보했다. 난 감사의 인사를 하고는 빵을 입 안으로 기쁘게 넣었다.

그 모습을 보면서 진 요원이 말했다.

"판다 님, 정말 맛있게 드시네요."

"유튜브에 진출할까 봐요."

"그게 뭐죠?"

"누구든지 동영상을 찍어 올릴 수 있는 플랫폼이죠. 그곳에 밥 먹는 걸 찍어서 올리기도 해요. 사람들이 엄청나게 좋아한다고요. 전 혼자 집에서 밥을 먹을 때 자주 틀어봐요."

"판다 님이 그곳에 영상을 올리면 난리가 나겠네요. 엄청난 스타가 될지도 몰라요."

"분명 엄청난 화제가 되겠죠. 판다 얼굴을 한 사람의 먹방이라니. 근데 아마 다들 믿지 못하겠죠. 판다 얼굴을 한 사람이 있다는 걸 누가 믿겠어요."

사실 많은 사람 앞에 얼굴을 내밀 배짱이 나에겐 없었다.

"입에 빵 부스러기가 많이 묻었네요. 유튜브 스타님."

진 요원은 말하며 내 입에 묻은 빵 조각을 떼어내 주었다. 그녀의 손이 내 입에 닿자 난 부끄러워서 얼굴이 빨개져 버렸다. 물론 판다의 얼굴은 티가 나지 않는다. 난 괜히 의자에서 일어나 거울 앞으로 가서 얼굴을 확인했다. 입 주변 털이 스파게티 소스 때문에 빨갛게 물들어 있었다. 판다의 얼굴로 사는 건 역시 불편한 게 많다는 생각이 들었다. 비누를 입 주변에 묻혀서 세수를 다시 해야만 했다. 그리고 또 드라이기로 말렸다. 시계를 보니 저녁 6시가 넘어가고 있었다.

나는 드라이기를 내려놓고 진 요원에게 물었다.

"그나저나 마지막 임무는 언제 하러 가죠?"

"일단 좀 쉬고 이따 10시쯤에 움직이는 게 어때요? 그 전에 마지막 임무 장소를 확인하고요."

나는 가방에서 인어가 그려진 라이터를 꺼냈다. 그리고 세면대에 물을 받아 그곳에 넣었다. 물은 이번에도 검게 변했고 수면 위로 숫자가 떠올랐다.

"#501126."

난 가방에서 다이어리를 가져와 뒷장에 그 숫자를 적었다. 내가 세면대에서 라이터를 꺼낼 때 진 요원은 잠시 집에 다녀 온다고 했다. 자신은 집에서 씻고 오겠다며, 갈아입을 옷도 필요하다고 말을 덧붙였다. 10시 전에는 다시 돌아올 예정이 라는 말을 하고 그녀가 방문을 열었다. 그녀는 내게 절대 모 텔 밖으로 나가지 말라고 당부를 하고는 방문을 닫았다.

나는 창가로 걸어가 그녀가 모텔을 빠져나가는 걸 지켜보 았다. 잔인하게 타올랐던 해가 서서히 기울고 있었다. 진 요 원은 차에 시동을 걸고 모텔 주차장을 능숙하게 빠져나갔다. 저물어가는 해를 바라보니 왠지 맥주가 마시고 싶어졌다. 그 래서 방 키를 챙기고 1층 로비로 향했다. 모텔 주인은 의자에 앉아 여전히 티브이를 보고 있었다. 그의 옆에서 선풍기가 터덜터덜 소리를 내며 힘겹게 돌아갔다.

난 그에게 말했다.

"맥주 두 캔만 줄 수 있나요? 돈은 나중에 드릴게요."

"여자 친구와 싸웠나? 좀 전에 차를 몰고 그냥 가던데."

"여자 친구 아닙니다. 그냥 일 때문에……."

"에헤, 다 안다네. 기다려보게. 아주 시원한 맥주를 주지."

호텔 주인은 의자에서 일어나 냉장고로 걸어갔다. 그리고 차가운 맥주 두 캔을 꺼내주었다. 힘내라며 이번에도 서비스로 땅콩을 주었다. 진 요원과 나 사이를 자세히 해명을 할까 하는 생각이 들었지만 역시 귀찮아서 그만두었다. 설명하면 설명할수록 뭔가 이상하게 보일 것도 같았다. 나갈 때 꼭 돈을 지불하기로 하고 맥주를 받아 방에 돌아왔다.

맥주 한 캔을 다 마셨을 때, 눈이 너무나도 무거웠다. 그대로 잠에 빠져들 것만 같았다. 난 침대 이불 속으로 기어들어 눈을 감았다. 그리고 이내 깊은 어둠 속으로 빨려 들어갔다. 아주 강렬한 잠이었다.

5.

비가 내리는 날 어느 2호선 역에 내가 서 있다. 시계를 보니 약속 시각이 한참이나 남아 있었다. 난 역 앞에 작은 카페로 들어갔다. 프랜차이즈가 아닌 조그마한 개인 카페였다. 입구 앞에는 꽤 많은 화분이 비를 맞고 있었다. 난 비닐우산을 접어 우산꽂이에 꽂고 계산대로 다가갔다. 메뉴를 확인하고는 따뜻한 커피와 핫도그를 주문했다. 왜 카페에 핫도그 같은 게 있는지는 모르겠다. 난 주문하고 자리에 앉아 시간을 확인했다.

왜 약속 시각보다 한 시간이나 일찍 와버린 걸까. 생각하며 가방에서 책을 꺼냈다. 책에 빠져들려고 할 때쯤 주문한 음식이 나왔다는 카페 주인의 목소리가 들렸다. 그에게 받아 온 핫도그는 너무나도 차가웠다. 하지만 난 불평 없이 그냥 먹었다. 이상하게 배가 너무나도 고팠기 때문이다. 차가운 핫도그를 씹으며 책을 다시 읽었다. 창밖에 비는 그칠 기미가 없어 보였다.

한 시간 뒤 약속 장소로 이동을 했다. 바로 옆, 커다란 프랜차이즈 카페다. 이곳에는 사람이 꽤 있었다. 민주가 마음에 들어 할 자리를 골라 가방을 올려놓고, 먼저 커피를 주문했다. 이번에도 따뜻한 커피였다. 그녀는 아직 오지 않았다. 더 늦어도 상관없다고 나는 생각했다. 그러면서도 출입문 쪽을 계속 확인했다. 사람들이 나가고 또 새로운 사람들이 들어왔다. 하지만 모두 민주는 아니었다.

약속 시각이 다가올수록 긴장이 되었다. 어쩔 수 없이 화장실로 가서 거울을 보았다. 손을 씻고 셔츠를 정리했다. 그리고 얼굴의 상태를 확인했는데 이상하게 살이 빠져 보였다. 자리로 돌아와서 의자에 앉았을 때, 문 쪽에서 민주의 모습이 보였다. 검은 카디건에 흰 티셔츠를 입고 젖은 우산을 접고 있었다. 난 다시 일어서서 그녀에게 손을 흔들었다. 그녀도 나를 보고 웃으며 손을 흔들었다. 그녀의 밝은 미소는 우리가 헤어지기 전으로 돌아간 게 아닐까 하는 착각을 불러일으켰다.

그녀가 커피를 주문하고, 자리에 와서 앉았다. 그녀는 늘 얼음이 가득 담긴 아이스아메리카노를 마셨다. 그녀는 아무렇지 않게 웃으며 내게 이런저런 이야기를 했다. 난 그녀의 움직이는 입을 바라볼 뿐이었다. 그녀의 입이 멈추면 난 무언가를 대답했고 또 그녀의 입을 바라보았다.

"응, 잘 지냈어."

왜 그녀의 말이 하나도 들리지 않는지 모르겠다. 난 더 귀를 기울여 보았다. 하지만 여전히 그녀가 무슨 이야기를 하는지 알 수 없었다. 그래도 다행인 건 그녀의 표정이 밝아 보인다는 것, 그녀의 얼굴이 더 좋아졌다는 것이다. 잠시 후 그녀의 목소리가 선명하게 내 귓가에 울렸다.

"근데 얼굴은 왜 그래?"

"뭐라고?"

난 그녀에게 더 가까이 다가가 물었다.

"왜 얼굴이 판다가 되어버린 거야?"

그녀는 분명 그렇게 말했다. 난 놀라서 얼굴에 손을 올려보았다. 분명 조금 전 화장실에서 내 얼굴을 확인했을 때는 사람의 형태였지만 지금은 얼굴이 온통 털로 뒤덮여 있었다. 주위를 둘러봤지만, 사람들은 아무도 나를 의식하지 않고 있는 듯했다. 공부를 하고 있고, 음악을 듣고 있고, 연인과 이야기를 주고받고 있을 뿐이다. 창밖에는 여전히 비가 내리고 있었다.

***

눈을 떴을 때 나를 깨운 건 진 요원이 아니었다. 내 앞에는 하이에나의 머리를 한 사내가 서 있었다. 그의 손에는 검은색 권총이 들려 있었다. 나는 놀라서 그에게 물었다.

"누, 누구시죠?"

"쉬, 조용히 하는 게 좋을 거야. 소리를 지르면 판다 머리를 이 총으로 날려버리겠어. 히히."

그의 웃음소리는 어딘가 이상했다. 나는 어쩔 수 없이 손을 머리 위로 올리고 고개를 끄덕였다. 그 사내는 거구였는데 몸집만 봐도 절대 내가 싸움으로 이길 수 있는 상대가 아니었다. 프로레슬링 선수를 했을지도 모르는 체격이었다. 키는 2미터가 가뿐히 넘을 것만 같았고 몸무게는 100킬로그램이 넘어 보였다. 그는 좀 작아 보이는 보라색 셔츠에 검은 정장 바지를 입고 있었다.

그가 권총을 내 머리에 겨누고 다시 입을 열었다.

"조용히 일어나서 나를 따라와, 멍청아. 히히."

나는 침대에서 천천히 몸을 일으켰다. 하지만 몸이 좀 이상했다. 내가 생각했던 것보다 반응이 느렸다. 이건 공포감 때문일 거라고 생각했다. 그 공포감은 하이에나 머리를 한 사내로부터 발생해 나를 서서히 짓누르고 있었다. 마치 드라이아이스 연기처럼. 정확히 말하면 이건 단순한 공포가 아니다. 그의 웃음소리와 말투가 이제껏 느껴보지 못한 공포감을 주고 있었다. 그는 뭐가 재미있는지 계속 웃고 있었다. 절대 정상적인 사람이 아니었다.

하이에나 사내는 나의 한쪽 팔을 붙잡았다. 그리고 다른 손에 들려 있던 총으로 내 옆구리를 찌르며 말했다.

"히히, 재미있군."

왜 갑자기 괴한이 나타난 걸까? 생각하며 방문 쪽으로 몸을 움직였다. 이대로 이 세계에서 하이에나 사내에게 죽을지도 모른다는 생각이 밀려왔다. 어떻게든 시간을 끌어야 할 것만 같았다. 나는 조심스럽게 입을 열었다.

"미안하지만 제가 잠들기 전에 맥주를 마셔서 그런데, 소변을 보고 가도 될까요? 이러다 바지에 싸버릴 것 같아요. 그럼 냄새가 진동할 거라고요."

나는 테이블 위에 있는 빈 맥주 캔을 손가락으로 가리켰다. 하이에나 사내는 그 맥주 캔을 잠시 본 뒤 낄낄 웃더니, 이내 결정을 내렸는지 내게 말했다.

"좋아, 바지에 오줌을 싸면 안 되지. 그건 어른이 할 짓이 아니야. 하지만 내가 같이 갈 거야. 걱정하지 마. 난 매너가 있는 사람이라고. 그냥 옆에서 당신이 도망 못 가게 서 있을 거야. 히히."

나는 알겠다고 말했다. 그리고 하이에나 사내와 함께 화장실로 들어갔다. 그는 친절하게도 변기 뚜껑까지 열어주었다. 난 그동안 바지의 지퍼를 내리고 있었다. 소변을 보려는데 나올 기미가 없었다. 누군가가 권총으로 내 허리를 찌르고 있는데 쉽게 소변이 나올 리가 없었다. 나는 눈을 감아보았다. 여전히 소변이 마려운 것 같았지만 나오지는 않았다.

난 머뭇거리다 그에게 말했다.

"저기, 그렇게 총을 겨누고 바라보시면 소변이 안 나올 것 같은데요."

"그렇지, 나도 알고 있다고. 갑자기 소변이 안 나올 때가 있지. 그러면 나는 눈을 감고 해변을 생각해. 난 바다가 좋아. 히히, 난 바닷가에 집을 사는 게 꿈이야. 당신도 바다를 생각해 봐. 히히."

어쩔 수 없었다. 나는 눈을 감을 채로 최면을 걸었다.

'이곳은 내 자취방이다. 이곳은 내 자취방이다.'

그러자 다행히도 소변이 몸 밖으로 빠져나와 변기 물을 때렸다. 소변이 나오는 동안 난 생각하려 했다, 이 상황을 벗어날 방법을. 하지만 생각이 나지 않았다. 그저 소변이 오랫동안 나오기를 바랄 뿐이었다. 하지만 곧 소변은 멈추고 말았다.

내가 바지를 여미자 그가 재촉했다.

"이제 빨리 가야 해. 히히. 안 그러면 두목에게 혼이 난다고."

"손을 좀 씻었으면 합니다. 좀 묻어서……."

"아아, 그렇지! 소변을 보고 꼭 손을 씻어야 해. 나도 그것쯤은 알고 있다고. 세균은 무서운 거야. 히히."

나는 세면대에 물을 틀어 물속에 손을 집어넣었다. 그리고 거울 속으로 하이에나 사내를 힐끔 보았다. 그는 변기를 내려다보고 있었다. 내가 변기 물을 내리지 않은 게 거슬리는 모양이었다. 나는 이때다 싶어 그의 몸을 힘껏 밀쳐냈다. 그는 갑작스러운 나의 공격에 벽에 걸려 있던 수건걸이에 머리를 박고 쓰러졌다. 하지만 아쉽게도 총은 놓치지 않았다.

"악!"

그의 비명이 화장실 안을 울렸다. 나는 재빠르게 밖으로 뛰쳐나가 화장실 문을 닫았다. 그리고 방문을 보았다. 밖으로 나가 도움을 취할지 아니면 가방 속 총을 꺼낼지 생각했다. 빠르게 결정을 내려야 했다.

나는 문을 열어 고정해 놓고 의자 위에 놓인 내 가방을 집어 침대 밑으로 몸을 숨겼다. 심장이 두근거리고 숨이 거칠게 쉬어졌다. 입과 코에 손을 올려 숨소리를 죽였다. 곧 화장실 문이 쾅 하고 열리고 하이에나 사내의 검은 가죽 신발이 보였다.

"젠장! 젠장! 이 판다 놈. 다신 오줌을 누지 못하게 잘라버릴 거야. 히히."

그는 열어놓은 문으로 달려나갔다. 나는 그제야 입에서 손을 내리고 큰 숨을 쉬었다.

"휴……."

다음을 생각해야 했다. 어떻게 도움을 요청할까. 일단 가방에서 총을 꺼내는 게 좋을 것 같았다. 하지만 몸이 쉽게 움직여지지 않았다. 심호흡을 한 번 더 크게 하고 가방 속에 손을 넣었다. 그런데 그때, 하이에나 사내의 검은 가죽 신발이 방 안으로 다시 들어왔다. 난 서둘러 가방에서 손을 떼고 입을 막아야만 했다.

"킁킁킁. 킁킁킁. 킁킁킁. 히히히, 재미있군. 판다 냄새가 아직 이 방에서 나는걸. 킁킁킁. 난 후각이 아주 뛰어나거든. 히히, 날 더욱 화나게 하지 말고 그냥 나오는 게 좋을 거야. 킁킁킁. 날 더 화나게 하면 네 머리를 씹어 먹을 수도 있어. 히히."

손이 희미하게 떨려왔다. 하이에나가 나의 판다 얼굴을 씹어 먹는 장면이 상상되었기 때문이다. 나는 천천히 손을 움직였다. 겨우 가방 속에서 차가운 총을 잡고 꺼내려고 할 때 하이에나 사내가 침대 밑으로 고개를 숙이고 나를 바라보았다. 하이에나 사내와 눈이 마주치는 순간 나는 그대로 멈춰 버렸다. 마치 커다란 거미가 내 온몸을 거미줄로 옭아 맨 듯한 느낌이었다.

그는 웃으며 아주 흥분한 목소리로 내게 말했다.

"까꿍! 이히히히히."

나는 결국 하이에나 사내에게 다시 잡히고 말았다. 그는 침대를 단숨에 뒤집어엎고는 나의 멱살을 잡고 내 몸을 한 손으로 들어 올렸다. 순식간에 내 머리가 천장에 닿았고 숨을 제대로 쉴 수 없었다. 엄청난 괴력이었다. 그는 다른 손으로 나의 복부를 힘차게 올려쳤다. 명치에 제대로 그의 주먹이 꽂혔을 때 깊은 바닷속으로 빨려 들어간 느낌이 들었다. 숨을 제대로 쉴 수가 없었다. 입 밖으로 침이 흘러내렸다.

그는 벽을 향해 나를 힘껏 던져버렸다. 난 벽에 몸을 부딪히고 그대로 바닥에 쓰러져 뒹굴었다. 그 충격으로 벽에 걸려 있던 액자가 떨어졌다. 액자는 반고흐의 〈밤의 카페 테라스〉그림이었다.(당연히 그 액자는 모조품일 것이다.) 내가 할 수 있는 건 제대로 숨을 쉬려고 노력하는 것뿐이었다. 정신이 몽롱했다.

고개를 흔들고 애써 정신을 차렸을 땐, 그가 내 머리 위에 총을 겨누고 있었다.

그가 커다란 입을 다시 열었다.

"두목이 널 살아 있는 채로 잡아 오라고 하지 않았으면, 당장 내 이빨로 네 머리를 씹어 먹었을 거야. 아까 그 녀석처럼. 히히."

그러고는 긴 혓바닥으로 입맛을 다셨다. 나는 그의 손에 이끌려 다시 걸었다. 그는 나의 팔을 더욱 힘껏 잡으며 말했다.

"판다 군, 이제 허튼짓하지 말고 따라오는 게 좋을 거야. 두 번 다시 날 화나게 하지 마. 히히."

모텔 방을 빠져나오니 다른 방 손님이 고개를 내밀고 쳐다보고 있었다. 아마도 요란스러운 소리 때문에 나와본 것 같았다. 한 명은 안경을 쓴 50대 정도로 보이는 아저씨였고, 한 명은 꽤 마른 젊은 남자였다. 그들을 향해 하이에나 사내가 소리쳤다.

"어이, 다들 들어가라고. 별일 아니니까."

"이봐요, 저 곰 눈에 멍이 들고 입에서 피도 나는데 별일이 아니라고요?"

50대로 보이는 남자가 말했다.

하이에나 사내는 망설이지 않고 그들에게 총을 발사했다. 총소리는 크게 나지 않았다. 아마도 소음기가 달려 있기 때문일 것이라고 생각했다. 50대로 보이는 남자는 눈을 뜬 채 그대로 차가운 바닥에 쓰러졌다. 문 안쪽에서 여자의 비명이 들려왔다. 다른 남자는 어느새 방문 안으로 몸을 숨긴 상태였다.

"저놈의 머리도 먹어버리고 싶지만 아쉽군. 히히."

하이에나 사내는 다시 걸으며 말했다. 그는 나를 엘리베이터로 쪽으로 데려갔다.

"절 어디로 데려가는 거죠?"

"그건 말해줄 수 없어. 비밀이야, 비밀."

엘리베이터 문이 열리자 그는 나를 강하게 그 안으로 밀어넣었다. 난 벽에 부딪혀 바닥에 주저앉았다. 하이에나 사내는 엘리베이터 안으로 들어오더니 1층 버튼을 눌렀다. 난 눈을 감고 진 요원을 생각했다. 그녀가 나타나 이 하이에나 머리의 사내를 물리쳐 줄지도 모른다고 생각했다. 비록 힘이 엄청난 녀석이지만, 진 요원은 커다란 칼과 엄청난 재생 능력을 가지고 있으니까. 난 간절히 그녀가 나타나기를 바랐다.

엘리베이터는 천천히 움직여 1층에 멈춰 섰다. 문이 열렸지만 아쉽게도 그 앞에 진 요원은 없었다. 난 하이에나 사내 손에 다시 이끌려 걸어갔다. 1층 계산대가 눈에 들어왔다. 나에게 맥주를 팔던 모텔 주인이 의자에 앉아 있었다. 하지만 그의 얼굴은 없는 상태였다. 목 주변에 무언가 날카로운 것에 뜯겨나간 듯한 상처가 보였다. 주변에는 피가 사방으로 튀어 있었다. 몇 시간 전만 해도 내게 웃으며 맥주를 건네던 남자는 이 세상에 더는 존재하지 않았다.

***

하이에나 사내는 차 트렁크를 열더니 나를 짐짝처럼 밀어 넣었다. 그 순간 나는 어떻게든 민주에게 다시 연락해야 한다는 생각이 들었다. 무슨 수를 써서라도 그녀를 만나서 이야기를 들어봐야 했다. 그리고 가능하다면 그녀를 붙잡아야 한다는 생각이 들었다. 나는 아직 민주를 좋아하고 있다. 그렇게 확신했다. 어째서 이런 생각이 이 어두운 트렁크 안에서 떠올랐을까. 어쩌면 이대로 내가 죽을 수도 있겠다는 직감 때문일지도 모른다. 내가 살던 세계도 아닌 처음 와본 세계에서 총을 맞아 죽거나 머리를 뜯겨 죽을 것만 같다는 생각이 강하게 나를 사로잡고 있었다.

나는 살고 싶었다. 민주를 위해서이기도 했고, 살아 계신 부모님을 위해서이기도 했다. 그리고 가장 중요한 나 자신을 위해서였다. 손을 이리저리 움직여 보았지만 케이블 타이가 손과 발을 더욱 조여왔다. 움직이면 움직일수록 손목이 잘려나갈 듯이 아파졌다. 소리를 지르고 싶었지만 내 입에는 청 테이프가 붙어 있었다. 코를 벌려 힘겹게 공기를 들이마시고 다시 힘껏 내뱉었지만 두통이 느껴졌다. 난 결국 힘없이 어떠한 사실 하나를 떠올렸다.

'하이에나의 머리를 한 사내는 프로다.'

평범한 사무실이었다. 주변에는 컴퓨터가 있고 정수기와 냉장고도 보였다. 의자들도 여러 개 보였다. 많은 의자 중 하나에 하이에나 사내가 나를 앉혔다. 그리고 책상 서랍에서 밧줄을 꺼내와서 내 몸과 의자에 힘껏 감기 시작했다.

"으으으홍응."

"뭐라고? 히히."

"으으홍응으, 으으."

하이에나 사내는 내 입에 있던 테이프를 떼어주었다. 빠르게 떼어낸 테이프 때문에 입 주변의 털이 모두 뽑혀버린 것처럼 아팠다.

"살살 좀 묶어주세요. 숨을 제대로 쉴 수가 없다고요."

"아, 그래? 그러면 안 되지. 죽어버리면 곤란해. 히히."

하이에나 사내는 밧줄을 다시 풀었다. 그리고 아까보다는 조금 느슨하게 묶어주었다. 여전히 손을 뺄 수는 없었지만 그래도 숨을 크게 쉴 수 있었다. 나는 하이에나 사내에게 물었다.

"여기가 어디죠?"

"여긴 두목의 사무실이야. 히히. 더 자세한 건 알려줄 수 없어. 직접 두목에게 물어보라고. 나는 늘 말 때문에 두목에게 혼나니까. 두목은 엄청 무서워. 히히."

그는 내 몸에 묶은 밧줄 상태를 다시 한번 확인하고는 냉장고로 갔다. 그리고 물을 꺼내 마셨다. 나도 목이 말라서 침을 삼키며 간절하게 그를 바라보았다. 그는 나와 눈이 마주쳤지만 남은 물을 그대로 입 안으로 털어 넣었다. 나는 어쩔 수 없이 마른침만 삼켜야 했다.

그는 빈 플라스틱 병을 쓰레기통에 버리려고 했다. 하지만 쓰레기통이 꽉 차 있자 그의 미간에 주름이 잡혔다.

"쓰레기통을 비워야 해. 안 그러면 두목이 화내."

그는 중얼거리며 쓰레기통을 들고 사무실 밖으로 나갔다. 그의 모습이 사라지자마자 나는 몸을 이리저리 비틀어보았다. 손목이 케이블 타이로 묶여 있어 아무것도 풀 수가 없었다. 난 천천히 주변을 살펴보았다. 2미터 정도 앞, 책상 위에 흰색 전화기가 보였다. 이곳 세계에도 경찰이 있을까? 그렇다면 번호는 112일까? 나라마다 경찰 신고 번호가 다르다고 어느 책에서 읽은 기억이 났다. 전화기를 쓸 수 있다 해도 내가 이 세계에 연락을 취할 곳은 아무 곳도 없어 보였다.

벽에는 커다란 시계가 힘겹게 초침을 움직이고 있었다. 시간은 10시 30분을 넘어서고 있었다. 지금쯤 모텔에 진 요원이 와서 상황 파악을 했을 것이다. 그녀는 나를 구하러 와줄까? 다시 한번 있는 힘껏 몸을 비틀어보았지만, 여전히 밧줄은 풀리지 않았고 팔목은 잘려나갈 듯 아팠다.

빈 쓰레기통을 들고 하이에나 사내가 돌아왔다. 그는 쓰레기통을 원래 있던 자리에 내려놓고 서랍에서 새 비닐을 꺼냈다. 그가 그것을 아주 정성스럽게 쓰레기통 안에 끼웠다. 그리고 아까 마셨던 물병을 그곳에 버리며 입을 열었다.

"두목이 다 와 간다는군. 준비해야 해."

"준비요?"

그는 내 말에 대답 없이 분주하게 움직이기 시작했다. 나와 의자를 동시에 들어서 구석으로 몰아넣었다. 그리고 책상 서랍에서 우비와 비닐 뭉치를 꺼냈다. 그는 거울을 보며 우비를 정성껏 입고는 사무실 중앙에 투명 비닐을 깔았다. 그 과정은 능숙했으며, 신속해 보였다. 한두 번 해본 솜씨가 아닌 것 같았다. 바닥에 비닐이 꼼꼼하게 깔리는 것을 보며 내 마음은 점점 불안해져 갔다. 그는 다시 나를 들어 그 비닐 정중앙에 옮겨놓았다. 난 이 사무실의 사물이 된 것 같았다. 하이에나 사내는 만족스럽다는 듯이 웃어댔다.

잠시 뒤 창밖에 불빛이 보였다. 헤드라이트 불빛 같았다. 시동 소리가 꺼지고 차 문이 닫히는 소리가 울렸다. 그리고 이내 한 남자가 사무실 문을 열고 들어왔다. 아무런 표정도 없이.

그의 나이는 50대 정도로 보였다. 키는 160cm도 안 되는 작은 키로 보였지만 몸은 다부졌다. 전문적으로 운동을 했을지도 모른다. 그는 단단한 망치를 떠올리게 했다. 검은 정장을 입고 있었고 한쪽 손에는 네모난 돈 가방 같은 게 들려 있었다. 그는 그 가방을 내 발아래 조심스럽게 내려놓고 천천히 입을 열었다.

"우리 정보가 맞았군. 정말 판다 얼굴이 나타났어. 이봐, 판다 군. 인상 좀 펴라고. 소중한 판다 얼굴에 주름이 잡히잖아."

"당신은 누구시죠?"

"나? 당신과 같이 딱한 사람이야."

그는 경박하게 껌을 씹고 있었다. 껌을 씹을 때마다 '딱딱' 소리가 나서 꽤 신경이 쓰였다. 말을 할 때면 껌 씹기를 멈추고, 말을 멈추면 또 '딱딱' 소리를 냈다.

"판다 군, 자네를 엄청나게 만나고 싶었네. 역시 생각한 대로 근사한 얼굴이야."

"그럴 리가요."

"이봐, 마실 것 좀 가져와."

키 작은 남자는 웃으면서 하이에나 사내에게 말했다. 하이에나 사내는 서둘러 냉장고를 열어 캔 음료를 가져왔다.

"저 친구에게 먹여."

"알겠습니다, 두목. 히히."

"걱정 마, 독약 같은 건 없으니. 내가 제일 좋아하는 그냥 음료니까."

두목은 나를 보며 말했다.

하이에나 사내는 그 음료의 뚜껑을 따서 내 입에 들이밀었다. 매우 갈증이 나서 그 음료에 독이 들어 있어도 상관이 없을 지경이었다. 뭐라도 빨리 내 몸 안으로 흘려보내고 싶었다. 난 허겁지겁 그 음료를 받아 마셨다. 김빠진 콜라 맛이 났다. 그래도 계속 그 음료를 받아 먹었다. 그러다 이내 사레가 걸려 기침을 했다. 남은 음료는 내 얼굴과 새 옷을 적셨다. 시원한 감촉이 셔츠 안으로 느껴졌고 바닥에 깔아놓은 비닐에 검은 액체가 고였다.

"어때, 맛있지?"

두목은 어느새 의자를 하나 끌고 와서 앉으며 말했다. 그리고 발아래 내려놓은 가방에 손을 뻗었다.

그가 가방의 비밀번호를 맞추자 탁! 하는 기분 좋은 소리가 났다. 가방 안에는 톱과 칼, 주사기, 송곳과 정확히 용도를 알 수 없는 도구들이 가득 담겨 있었다. 그는 그 도구들을 시간을 들여 하나하나 천천히 꺼내서 내 주변에 펼쳐놓기 시작했다. 그 모습을 보고 있으니 점점 몸이 떨려왔다. 어쩔 수 없이 나는 눈을 감았다. 그리고 진 요원을 떠올렸다. 제발 날 구해달라고 어둠 속 누군가에게 말하고 있었다. 하지만 그 어둠 속을 뚫고 두목의 말소리가 들려왔다.

"두려워할 거 없어. 그만 좀 떨라고. 그러다 오줌까지 지리겠군그래. 나는 그저 당신과 잠시 이야기를 하고 싶었을 뿐이야."

"근데 왜 그런 도구를 내 앞에 꺼내 놓는 거죠?"

내 목소리는 떨리고 있었다.

"평범하게 대화하면 재미가 없잖아."

"히히히."

옆에서 하이에나 사내가 웃었다.

두목은 가방 속 도구들을 다 꺼내 놓고는 만족스럽다는 듯이 웃으며 정장 안주머니에서 말보로 담배를 꺼내 입에 물었다. 그리고 라이터로 불을 붙였다. 그는 담배를 깊게 빨아들이고 내 얼굴을 향해 연기를 내뿜으며 입을 열었다.

"끊어야 하는데, 정말 쉽지 않아. 자네도 한 대 줄까?"

"괜찮습니다."

"기분이 많이 안 좋아 보이는군. 난 자네의 얼굴만 봐도 알지. 왜냐하면 나도 판다의 얼굴로 변했었으니까. 하하하. 콜록콜록."

"당신도 판다 머리였다고요?"

"그래, 아주 감사하게도 검은 머리 갈매기가 다시 사람 얼굴로 만들어주었지. 벌써 꽤 오래전이군. 시간 참 빨라."

"이 세계에 판다 얼굴은 처음이라고 들었는데요?"

"사람들은 모두 그렇게 알고 있지. 난 당시 꽤 비밀스럽게 임무를 수행했으니까."

"근데 왜 저를 납치하신 거죠?"

"그저 한번 보고 싶었을 뿐이야. 당신의 얼굴 생김새, 목소리, 체형. 볼수록 옛날 나의 모습을 떠올리게 하는군. 이봐, 판다 군. 정말 솔직하게 말하지. 나는 당신의 얼굴을 소유하고 싶어."

"소유?"

"그래, 나는 동물 얼굴을 하나씩 모으고 있거든."

나는 초등학교 때 본 우표 스크랩북을 떠올렸다. 친구 한 명이 방학 숙제로 가지고 온 우표 스크랩북. 누가 봐도 그 친구가 모았다기보다 그의 할아버지나 아버지가 모은 것이 틀림없어 보였지만 딱히 딴지를 거는 친구들은 없었다.

난 두목에게 다시 물었다.

"저의 사진을 찍어 보관한다는 말씀인가요?"

"재미있는 친구구먼. 당연히 아니지. 얼굴을 잘라서 피를 빼내고 약품 처리 후 박제를 하는 거지."

"저를 죽이겠다는 말씀인가요?"

"이제 이해를 하는군. 당신은 여기서 죽을 예정이야."

"단지 저의 머리를 위해서요? 그것 때문에 살인을 저지른단 말씀입니까? 저의 머리가 그럴 가치가 있을까요?"

"너무 흥분하지 마. 자네가 흥분해도 바뀌는 건 없으니까. 당신 머리는 당연히 돈은 안 되지. 누가 판다 머리를 돈 주고 사겠나? 하긴 사람의 머리보다 나아 보이기는 하지만. 이건 그저 아주 개인적인 취미랄까. 세상에는 다양한 사람들과 다양한 생각들이 존재하잖아. 난 동물의 머리들을 갖고 싶다고 생각할 뿐이야. 그리고 그 머리들이 나를 다른 세계로 보내 줄 거라고 믿고 있네. 제물 같은 거라고 할 수도 있지."

"제물이라니요? 이건 그저 살인입니다."

"판다 군, 이 세계가 가지는 의미가 뭐라고 생각하나?"

난 그의 질문에 대해 깊이 생각해 보려 했다. 하지만 잘 되지 않았다. 아마도 그가 주는 아주 기분 나쁜 기운 때문일 거라고 생각했다. 그리고 난 이곳에 온 지 이틀밖에 되지 않았다. 내가 이 세계가 가지고 있는 의미에 대해 알고 있을 리는 없었다. 그가 내게 바보 같은 질문을 하고 있다는 생각이 들었다.

그는 씹던 껌이 질렸다는 듯 바닥에 뱉었다. 껌에 그의 잇자국이 선명하게 보였다. 그는 들고 있던 담배를 마저 피우며 말했다.

"원래 살던 세계에서 우린 어느 날 이 세계로 오게 되었어. 그건 또 다른 세계로 갈 수 있다는 의미도 되지. 안 그래? 물론 또 다른 세계로 갈 방법은 아무도 몰라. 난 많은 정보를 모으고 있지. 분명한 건 다른 세계가 분명 또 존재한다는 것. 그리고 내가 가진 이 취미가 그 방법이 될 수 있다는 거지."

"그런 세계는 없습니다. 특히 당신이 하는 방법으로는 지옥으로 갈 뿐이라고요."

"크하하. 정말 그럴까? 그 이야기 아나? 과거 이집트에서는 사후 세계를 믿었다네. 그리고 그 세계를 위해 고양이와 사자를 제물로 바쳤다는 이야기가 있지. 난 그것에 엄청난 흥미를 느꼈어. 그렇게 동물을 제물로 바치면 다른 세계의 문이 분명히 열릴 거라는 생각이 들었지."

그는 그렇게 말하고 담배를 한 모금 힘껏 빨아들인 후 연기를 내 얼굴에 내뱉었다. 난 어쩔 수 없이 눈을 감아야 했다.

"지금까지 많은 동물의 머리를 모았지. 근데 말이야, 이상하게 판다 머리의 사람이 나타나지 않는 거야. 난 오랜 시간 판다 머리를 기다렸지. 근데 며칠 전 자네가 나타날 것이라는 정보를 들었어. 그 정보를 듣고 며칠째 잠을 자지 못했지."

"당신은 미쳤군요."

"그래? 내가 그 느낌이 더 들게 해줄까?"

두목은 일어나 열린 창문을 통해 담배꽁초를 밖으로 튕겨냈다. 그는 다시 내 쪽으로 다가와 바닥에 놓인 커다란 가위를 들었다. 그러고는 하이에나 사내에게 건네며 말했다.

"그것 좀 풀어줘. 나와 어디 좀 가야겠어."

하이에나 사내는 내 발과 손에 묶여 있던 케이블 타이를 가위로 잘랐다. 그리고 밧줄도 풀어주었다.

두목은 사무실을 빠져나가 어딘가로 향했다. 나도 하이에나 사내에게 이끌려 다리를 움직였다. 사무실을 빠져나가자 주변은 모두 어두컴컴했다. 산속 같기도 했고 시골 같기도 했다. 왼쪽에 커다란 컨테이너 건물이 보였는데 공장 건물처럼 보였다. 지은 지 얼마 되지 않은 깨끗한 건물이었다. 그 컨테이너 건물 앞에는 희미한 조명 하나가 외롭게 켜져 있었고 나방들이 열심히 그것에 몸을 부딪치고 있었다.

두목은 그 컨테이너 건물의 문을 열고 안으로 들어갔다. 나와 하이에나도 따라 들어갔다. 가장 먼저 커다란 기계가 눈에 들어왔다. 무언가를 생산해 내는 것처럼 보이는 큰 기계 두 대가 양쪽에 길게 놓여 있었다. 하지만 지금은 모두 정지해 있는 상태였다. 마치 죽어버린 커다란 공룡들 같았다.

"이곳은 가짜 고기를 만드는 곳이야. 이곳 세계에서는 진짜 동물의 고기를 먹지 않지. 그래서 콩으로 가짜 고기를 생산해 내는 거야. 여기서 만든 고기로 햄버거나 스테이크를 만들어내. 어때 멋지지? 콜록콜록."

두목은 그렇게 말하고 앞으로 걸어갔다. 나는 그를 따라갔다. 그의 말대로 그가 이 공장의 소유주라면 많은 돈을 벌고 있을 텐데 왜 살인을 저지르고 있는지 이해할 수 없었다.

그는 짧은 다리를 열심히 움직이며 공장 끝 쪽에 멈춰 섰다. 냉동고 같은 게 눈에 들어왔다. 하이에나 사내가 커다란 철 손잡이를 돌리니 문이 열렸다. 그 안에는 붉은빛의 고기가 비닐에 압축 포장된 채 가득 차 있었다. 두목은 그 많은 것 중 가장 앞에 있는 것 하나를 꺼내 비닐을 벗겨냈다. 그리고 조금 떼어내서 내게 내밀었다.

"자 먹어보게. 좀 딱딱할지도 모르지만."

나는 고개를 젓고 두목을 노려보았다. 그러자 하이에나가 내 머리를 잡고 입을 벌리게 했다.

"히히히. 먹어봐. 정말 고기 같다고."

나는 어쩔 수 없이 그것을 입에 넣고 씹었다. 육포를 씹는 느낌이었지만, 그리 맛이 있지는 않았다. 대충 씹고 삼키자 두목은 만족스럽다는 듯이 박수를 쳤다. 하이에나 사내도 따라서 박수를 쳐댔다.

두목은 냉장고의 문을 닫고 왼쪽으로 걸어갔다. 그곳에는
아직 접히지 않은 상자들이 차곡차곡 쌓여 있었다. 상자에는
귀여운 햄버거 캐릭터가 웃으며 오른손 엄지를 치켜들고 있
었다. 그 상자 밑에 튼튼해 보이는 나무판자가 깔려 있었다.
두목은 상자 더미를 옆으로 밀었다. 움직이지 않을 것 같던
그 상자들이 아주 쉽게 옆으로 미끄러졌다.

상자들이 옆으로 밀리자 그 바닥에는 정사각형의 철문이
있었다. 성인 한 명 정도가 들어갈 크기였는데 문에는 두꺼
운 자물쇠가 걸려 있었다. 두목은 바지에서 열쇠 뭉치를 꺼
내 그중에 하나를 골라 자물쇠에 꽂았다. 그가 열쇠를 돌리
자 자물쇠가 덜컥 하고 열렸고 하이에나 남자가 그 철문을
열었다. 꽤 무거운 철문 같았지만 하이에나 사내에게는 가벼
운 듯 보였다. 문 아래에 철 계단이 희미하게 보였다. 계단 아
래는 너무 어두워서 아무것도 보이지 않았다.

두목이 나를 보며 말했다.

"자, 먼저 들어가."

쉽게 발이 떨어지지 않았다. 이대로 이 아래로 내려가면
영영 나오지 못할지도 모른다는 생각이 들었기 때문이다. 하
지만 내게는 다른 방법이 없었다.

조심스럽게 발을 계단 아래로 뻗었다. 사다리는 불안하게

흔들렸고 중간쯤 내려갔을 땐 아무것도 보이지 않았다. 눈을 감은 거나 다름이 없었다. 천천히 한 발 한 발 계단을 찾아 내려갔다. 떨리는 내 다리가 딱딱한 바닥에 닿을 때까지는 꽤 오랜 시간이 걸렸다. 두 다리를 바닥에 내려놓자 위에서 누군가가 내려오는 소리가 들렸다. 난 그와 부딪히지 않게 계단에서 조금 물러섰다.

잠시 뒤 내 눈에 빛이 느껴져 눈을 가늘게 떴다. 그곳을 바라보니 노란 조명이 천장에 몇 개 매달려 있었다. 두목이 계단을 내려오면서 스위치를 눌러 불을 켠 것 같았다. 주변을 살펴보니, 마치 땅굴 같은 느낌이 들었다. 내 뒤에는 길이 막혀 있었고, 앞쪽에 길이 울퉁불퉁하게 나 있었다.

두목의 반짝이는 구두가 바닥에 닿았고, 그가 내게 말했다.

"따라와."

그는 앞으로 걸어 들어갔다. 위를 올려다보니 하이에나 사내가 나를 보고 웃고 있었다. 역시 기분이 그리 좋지 않게 만드는 웃음이었다. 난 두목을 따라 앞을 향해 나아갔다. 땅은 갑자기 푹 꺼지기도 했고 큰 돌이 튀어나오기도 했다. 마치 고래 배 속에 있는 듯한 느낌이 들었다. 나와 두목은 아무 말 없이 앞을 향해 걸어갈 뿐이었다. 난 발을 움직이며 도망갈 방법을 생각해 보았다. 이대로 앞에 있는 두목을 기습하고, 계단 위로 올라가는 상상을 했다. 하지만 위에서 기다리고

있는 하이에나 사내의 웃음이 그 생각을 잘라버렸다. 이번에
는 정말 하이에나 사내에게 내 머리가 뜯겨나갈지도 모른다.

탁 트인 공간이 나오자 두목이 걸음을 멈추었다. 그곳은
마치 하나의 커다란 거실 같았다. 공간 가운데 이집트에서
수입해 온 듯한 양탄자가 깔려 있었다. 정면에는 두 개의 나
무문이 보였다. 문에는 어떠한 문양이 그려져 있어서 나는
가까이 가서 그 문양을 확인했다. 왼쪽 문에는 몸을 꼬고 있
는 뱀의 문양, 오른쪽 문에는 새의 문양이 있었다.

"이봐, 판다 군. 이건 아주 특별한 경우라고. 이 문 안쪽을
본 사람은 나 말고는 아직 없었지. 왜냐하면, 이곳은 매우 신
성한 곳이니까. 어디를 먼저 보여줄까? 골라보라고."

그의 목소리가 어두운 지하에서 기분 나쁘게 울렸다.

나는 대답하지 않았다. 어떤 문을 골라도 그다지 기분을
나아지게 하지는 않을 것 같았다. 두목은 웃으며 왼쪽 주머
니에서 또다시 열쇠 뭉치를 꺼내 들었다. 그는 이번에는 금
색의 열쇠를 집어 뱀 문양이 있는 문에 꽂았다. 그가 키를 돌
리자 문이 삐걱거리는 소리와 함께 열렸다. 두목은 나에게
먼저 들어가라는 손짓을 했다. 내키지 않았지만 나는 그곳에
몸을 집어넣었다. 환한 조명 때문에 안을 제대로 볼 수 없었
지만, 곧 익숙해졌다. 그곳은 커다란 창고 같았다. 철제로 된
네 칸 선반들이 일정한 간격을 두고 서 있었다. 그리고 그 선

반 위에는 각종 동물의 머리들이 놓여 있었다. 기린, 사자, 토끼, 곰, 사슴, 낙타, 코끼리, 생쥐의 머리였다. 그들의 눈은 모두 투명하게 반짝였다. 그래서 마치 금방이라도 눈을 깜박이고 입을 벌려 소리를 내뱉을 것 같았다.

내가 그것들을 넋 놓고 천천히 바라보자 두목은 내 어깨에 손을 얹으며 말했다.

"어때 멋지지? 나의 수집품이? 하아, 여기에 오면 너무 편안해져. 판다 군도 느껴보라고. 어때? 소감을 말해보라고."

"당신은 정말 미쳐 있어요. 분명 벌을 받을 겁니다."

내 목소리는 상당히 떨리고 있었다. 그건 두려움을 넘어 알 수 없는 슬픔에 의한 것이기도 했다.

"크하하, 그런가? 이봐 저 끝에 자네의 자리가 있어. 아주 특별하게 자네 자리를 만들어놓았거든. 자네는 그것을 볼 자격이 있지."

그는 나를 그곳으로 이끌었다. 선반들을 지나쳐서 끝 쪽에는 빈 탁상이 놓여 있었다. 그것만 나무로 특별 제작된 듯 눈에 띄었다. 박물관에서 쓸 법한 탁상이 조명에 반짝였다. 그 위에는 하얀 먼지만이 쌓여 있었다. 아주 공허하게.

두목은 이번에는 열쇠 뭉치에서 은색의 열쇠를 하나 골랐다. 그는 그 열쇠를 새 문양이 있는 나무 문에 집어넣었다. 이번에도 삐걱거리는 소리와 함께 문이 안쪽으로 열렸다. 그 방은 옆 방보다 크기가 작았다. 뱀 문양 방의 반 정도의 크기였는데, 바닥에는 커다란 나무 관 하나만이 놓여 있었다. 그 관 뚜껑에는 그림 하나가 선명하게 그려져 있었다. 사람의 형태였다. 하얀 붓으로 누군가가 직접 그린 것 같았다. 잘 그린 그림은 아니지만, 감각 있게 그려놓은 듯한 느낌이 들었다.

나는 그 그림의 사람 얼굴을 자세히 들여다보았다. 아무런 표정도 없는 그 남자의 얼굴이 두목의 얼굴일지도 모른다는 생각이 들었다. 두목은 그 관의 뚜껑을 천천히 열었다. 관 안에는 아무것도 들어 있지 않은 상태였다.

"난 당신을 저 방에 제물로 바치고 나서 이 관에 들어갈 거야. 그럼 난 분명 다른 세계로 가게 될 테지. 당신의 판다 머리가 이제 내게 어떤 의미인지 알겠나?"

두목은 두 주먹을 불끈 쥐었다.

"한 가지 물어도 될까요?"

난 왠지 다리에 힘이 빠져 벽에 몸을 기대며 말했다.

"얼마든지."

"이곳의 생활도 나쁘지 않으신 것 같은데 왜 굳이 다른 세계로 가려고 하죠?"

"좋은 질문이야. 어느 날 문득 허무한 느낌이 들더라고. 어차피 우린 100년 정도 후면 다 죽어버린다는 사실이 말이야.

내가 알던 사람들 그리고 열심히 번 돈이 모두 남아 있지 않게 되는 거야. 그건 참 허무하지 않나? 우린 살아 있는 게 아니야. 그저 죽음을 향해 가고 있을 뿐이라고. 난 그렇게 생각했어. 그리고 그것을 바꿀 방법을 생각해 내려고 했지. 그래서 이번에는 죽음이 없는 세계에 가려고 해. 영생하는 거야. 분명 그 세계가 있을 거라고 난 믿고 있어."

"그럴까요?"

"크하하, 분명해. 내가 장담하지. 콜록콜록."

그의 이야기를 듣고 있으니 깊은 피로감이 몰려오는 것 같았다. 영생? 그게 정말 가치 있는 것일까? 살인을 저지를 정도로? 나로서는 이해할 수가 없었다. 어째서인지 내게는 그저 피곤한 일처럼 다가왔다. 누군가가 내게 '영생'을 준다면 거절할 것이다. 그리고 반드시 죽음을 택할 것이다.

***

하이에나 사내는 의자에 앉아서 꾸벅꾸벅 졸고 있었다. 우리가 지하에서 올라오자 그는 황급히 일어나서 입에 묻은 침을 손등으로 닦았다. 그리고 나에게 그 손을 내밀었다. 난 그의 손을 잡고 다시 지상으로 올라왔다. 곧 두목이 올라오고 철문을 자물쇠로 다시 걸어 잠갔다. 하이에나 사내는 다시 나를 사무실로 끌고 가 의자에 앉히고 밧줄로 나를 묶었나. 그 사이 두목은 입에 담배를 물고는 라이터 부싯돌을 돌리고 있었다.

"자네를 보고 이야기할수록 거울을 보고 이야기하는 기분이야. 아주 기분이 이상해. 내가 젊었을 때를 보고 있는 듯한 느낌이랄까. 그래서 난 당신의 목을 당분간 내 방에서 걸어둘 예정이야. 그러고 때가 되면 무덤으로 가져갈 거야. 그래, 그게 좋겠군."

두목은 그렇게 말하고는 "칵!" 하고 가래를 휴지에 뱉어 구긴 후 내 발밑에 버렸다. 난 구겨진 휴지를 보며 그에게 말했다.

"질문 하나 해도 될까요?"

"좋아."

"당신의 지금 얼굴을 만들어준 게 검은 머리 갈매기 사장님이라고 했죠?"

"그렇지, 나를 다시 사람으로 만들어주었지."

"그럼 저처럼 그들의 일을 도와주었겠군요?"

"그래, 그들의 일을 도왔지. 참 유치하더군. 난 빠르게 그 일들을 해치우고 다시 갈매기 사장에게 갔지. 나도 빨리 인간의 얼굴로 돌아가고 싶었어. 그리고 원래 세계로 돌아가려했어. 갈매기 사장은 약속대로 나의 얼굴을 다시 사람 얼굴로 바꿔주었어. 근데 막상 인간의 얼굴로 돌아오니 원래 있던 세계로 가기 싫어지더군."

"왜죠?"

"난 그곳에서 패배자였거든. 사업에 실패했고, 빚도 꽤 많았어. 아내와는 이혼했고, 자식들 양육권도 모두 아내에게 빼앗겨 버렸지. 다시 돌아가도 내게 남겨진 것 빚뿐이었어. 그래서 이곳에 남기로 했지. 처음에는 갈매기 사장 밑에서 그의 일을 도왔지. 그러다 나와서 공장에 들어가 일을 했네. 그곳에서 일을 배워 대출을 받아서 이 공장을 지은 걸세. 지금은 꽤 부자가 됐지. 마치 게임 같더군. 죽고 다시 시작하는 게임 말이야. 첫 번째 판은 실패했지만 두 번째 판은 아주 성공한 거야. 인간 세계로 돌아가면 신용 불량자인데 이 세계에서는 부자라니. 재미있지? 콜록콜록."

게임? 그래……. 인생이 게임이라면 아까 그 모텔에서 세이브 버튼을 눌러놨어야 했다. 어쩌면 더 이전에 세이브를 해놔야 했는지도 모른다. 하지만 다시 돌아갈 수는 없었다. 이대로 나는 죽고 다시는 살아가지 못할 것이다.

난 두목을 바라보며 말했다.

"결국 당신을 도와준 갈매기 사장을 배신하고 몰래 범죄를 저지르고 있었군요. 변해버린 사람들의 목을 잘라 박제하고."

"이봐, 배신이라니. 난 지금도 갈매기 사장에게 진심으로 감사해하고 있네. 이 세계에 데려와 줘서. 하지만 그 이후에 내가 어떻게 살아갈지는 자유라네. 그가 내 인생을 어떻게 할 수 있는 건 아니야."

그는 담배를 바닥에 버리고 발로 밟아 껐다.

"이건 배신이고, 살인이고 범죄입니다."

"크하하하."

두목을 크게 웃으며 자리에서 일어났다. 그러고는 내 주위를 한 번 돌더니 갑자기 내 배에다 주먹을 꽂아버렸다. 묵직한 쇠뭉치가 내 배를 가격한 느낌이 들었다. 난 "욱!" 하는 소리만 낼 수밖에 없었다.

"이제 슬슬 시작하지."

두목은 책상 위에 올려진 우비를 입으며 말했다. 그리고 새로운 껌을 꺼내 입 안으로 밀어 넣었다.

"히히, 드디어 시작이다."

하이에나 사내는 즐거워하며 손바닥을 마주 비볐다. 마치 오래 기다리던 음식이 나온 것처럼.

내 몸속에 무언가가 터져버린 듯한 느낌이 들었다. 하이에나 사내의 주먹은 두목의 주먹보다 더 강력했으며 날카로웠다. 난 한동안 하이에나 사내에게 구타를 당했다. 얼굴을 제외하고 말이다.

"멈춰."

두목이 따분하다는 듯 지켜보다 말했다.

그는 입 안에서 '딱딱' 껌 소리를 내며 바닥에 있는 가위를 집어 그걸로 나의 바지를 잘랐다. 덕분에 내 허벅지가 그대로 드러났다. 두목은 입고 있는 셔츠의 팔을 걷고 차고 있던 시계를 풀어 재떨이 옆에 놓았다. 그리고 바닥에 놓인 도구 하나를 들었다. 그건 송곳이었다.

그는 천천히 내 허벅지에 송곳을 찔러 넣었다. 뜨거운 불이 내 허벅지를 뚫고 지나가는 느낌이 들었다. 나는 비명을 지르고 싶었지만, 입술을 세게 물었다. 두목과 하이에나 사내는 나를 보고 재미있다는 듯 웃고 있었다. 두목은 바닥에 있던 또 다른 송곳을 들어 반대쪽 허벅지에 망설임 없이 찔

렀다. 이번에도 소리를 지르고 싶었지만 참았다. 뜨거운 피가 허벅지를 따라 비닐 위로 떨어지고 있었다.

난 힘없이 두목에게 말했다.

"왜 이런 짓을 하시는 거죠? 그냥 총으로 죽이세요."

"총으로도 많이 죽여봤는데 별로 재미가 없었어. 그건 너무 허무해. 난 여기 있는 연장을 하나하나 다 사용해서 널 죽일 거야. 난 오늘 너무나도 시간이 많아. 천천히 우리 시간을 갖자고. 자, 어서 살려달라고 소리를 질러봐, 판다 군. 아니면 아까처럼 내게 건방진 소리를 지껄여 보던지. 크하하하. 콜록콜록."

난 절대 살려달라고 말하지 않았다. 그건 그들을 더욱 자극하는 것이라는 생각이 들었다. 점점 내 생각도 흐릿해져 갔다. 다른 생각을 하고 싶었지만 '살고 싶다.'라는 생각밖에 나지 않았다. 두목은 나의 신발을 모두 벗겨버렸다. 흰색 양말이 금세 피에 축축하게 젖어버렸다. 두목은 펜치를 들고 나의 두 번째 발가락을 잡아 비틀었다. 뼈에서 나무가 꺾이는 듯한 소리가 났다. 이번에는 크게 소리를 지를 수밖에 없었다.

"으악!"

내 소리를 들은 두목과 하이에나 사내는 크게 웃어댔다. 감고 있던 눈을 뜨자 그들의 얼굴이 흐릿하게 보였다. 난 다시 힘없이 눈을 감았다. 이상하게 눈꺼풀이 무거웠다. 죽음의 무게가 나를 감싸고 있는 듯했다. 난 힘겹게 눈을 떠서 두목의 얼굴을 다시 보았다. 그런데 그의 얼굴이 내가 다니던 회사 사장의 얼굴로 변해 있었다. 사장은 웃으며 내 다른 발가락 하나를 비틀었고, 난 또 소리를 질렀다.

눈을 뜨고 사장의 얼굴을 보았을 때, 두목의 얼굴로 다시 변해 있었다. 그는 계속해서 나를 괴롭혔다. 내 의식은 물속 깊이 가라앉았다가 떠오르기를 반복했다. 고통은 매번 날카로웠으며, 그들의 웃음소리는 회사 사람들의 웃음소리 같기도 했다. 내 의식이 점점 더 깊은 어둠 속으로 사라질수록 어떤 기억 하나가 수면 위로 떠올랐다. 그건 회사 옥상에 서 있던 나의 모습이었다.

그날도 회사 사람들은 모두 나를 두고 점심을 먹으러 나갔다. 난 회사 근처 편의점에서 미리 사두었던 초코 빵과 삼각 커피 우유를 먹으며 하늘을 올려다보고 있었다. 난 순간 생각했다. 저 난간 아래로 내가 추락한다면 어떻게 될까. 그저 고등학교 체육 시간에 높이 뛰기를 하는 것처럼 옥상 난간을 배면뛰기로 가볍게 넘어서 추락하는 것이다. 그건 분명 두려운 일이다.

하지만 그때 난 이상하게 아주 쉽게 해낼 수 있을 것 같았다. 그때의 내가 점점 더 생생해졌고, 이내 지금의 나는 그때의 내가 되어 있었다. 난 먹던 빵과 우유를 내려놓고 앉아 있던 벤치에서 몸을 떼어냈다. 그리고 간단하게 무릎을 푼 뒤, 난간을 향해 전속력으로 달렸다. 달리면서 나는 한 가지 단어만 생각했다.

'점프!'

어떤 의미에서 그때의 난 죽었다.

***

눈을 떴을 때 내 눈앞에는 진 요원이 있었다. 꿈이었나? 흐릿했던 시야에 주위의 모습이 하나둘씩 들어왔다. 하얀 커튼이 바람에 흔들리고 있었고 선선한 바람이 반쯤 열어놓은 창문을 통해 기분 좋게 들어오고 있었다.

"판다 님, 괜찮으세요?"

진 요원이 말했다. 나는 고개를 끄덕였다. 말을 하려고 했지만, 토가 나올 것만 같았다.

"욱!"

내가 입을 감싸 쥐자 진 요원은 아래 놓여 있던 빈 통을 입에 대주었다. 난 몸을 일으켜 그 통을 움켜쥐고 토를 쏟아냈다. 하지만 그건 붉은 피였다. 검은 덩어리들도 함께 섞여 있는 기분 나쁜 무언가였다. 어느새 피는 통의 절반을 채워버렸다. 토가 멈추자 난 겨우 말을 할 수가 있었다.

"죄송해요, 갑자기 토가……. 물론 진 요원님을 보고 토를 한 건……. 우웩."

"괜찮아요, 마음껏 토하세요."

그녀는 내 등을 두드려주었다. 난 한참을 더 토를 하고 나서야 다시 말을 할 수 있었다.

"여긴 어디죠?"

"여긴 저희 회사 치료실이에요."

그녀는 내가 토한 통을 바닥에 조심스럽게 내려놓으며 말했다.

"어떻게 된 거죠?"

"죄송해요, 제가 판다 님을 두고 가는 바람에……. 그놈들이 그 모텔을 찾아올 줄 몰랐어요. 전부 다 제 탓이에요."

진 요원은 두 손으로 작은 얼굴을 감싸 쥐었다. 난 두목의 얼굴과 하이에나 사내의 얼굴을 떠올렸다. 지금도 생생하게 그들의 웃음소리가 들려오는 듯했다. 발에 여전히 통증이 느껴져서 이불을 걷어내 보니 끔찍한 상처들이 여기저기 나 있었다. 마치 도끼질을 당한 나무처럼.

나는 흉측한 다리의 상처들을 다시 이불로 가리면서 진 요원에게 물었다.

"그들은 어디 있죠?"

"모두 죽었어요, 깨끗하게."

"결국 절 구해주셨군요. 다행입니다."

난 감사함과 안도감을 담아 미소를 지었다. 하지만 그녀는 그 감사 인사를 받을 수 없다는 듯 천천히 고개를 저으며 말했다.

"아니에요, 판다 님 스스로 그들을 죽였어요."

"그게 무슨 말씀이죠?"

나는 그녀가 무슨 말을 하고 있는지 이해할 수 없었다.

"자세한 이야기는 조금 더 쉬시고 괜찮아지시면 해드릴게요. 일단 휴식을 취하세요. 지금은 일요일 오전이니까요. 한숨 푹 주무시고 일어나시면 또 이야기해요. 그리고 좋은 소식이 하나 있어요. 마지막 세 번째 임무는 완료하지 않으셔도 될 것 같아요. 회복하시면 이전의 사람 얼굴로 돌아갈 수 있으실 거예요. 그 부분에 대해 사장님과 회사 임원분들이 논의 중인데 아마도 긍정적인 결정이 날 것 같아요."

"좋은 소식이군요."

"그럼 마저 쉬세요."

진 요원은 내가 토한 통을 들고 조심스럽게 밖으로 나갔다. 내 왼팔에는 링거 바늘이 꽂혀 있었고, 링거에서 수액이 똑똑똑 떨어지고 있었다. 난 한참을 떨어지는 그 물방울을 바라보았다. 어떻게 이곳에 내가 살아서 돌아왔는지 궁금했지만, 지금은 살아 있는 것에 감사해야 했다. 난 몇 시간 전 처음 보는 남자 둘에게 고문을 받다가 분명 목숨을 잃을 뻔했다.

그런 생각을 하니 죽음과 내가 살아 있는 세계의 벽이 생각보다 얇게 느껴졌다. 하얀 A4용지처럼. 난 다행히도 그 얇은 벽을 넘지 않은 것이다. 이내 허무하고 슬퍼졌다. 여전히 링거에서 물이 똑똑 떨어지고 있었고, 그것이 아직 내가 살아 있다고 증명하는 것만 같았다. 난 눈을 감았다. 그리고 이내 깊은 잠 속으로 빨려 들어갔다.

***

내가 눈을 뜬 건 오후 1시가 넘은 시간이었다. 진 요원은 내 앞에 죽이 담긴 쟁반을 내려놓으며 점심이라고 말했다. 그녀가 직접 만든 것처럼 보이는 죽이었다. 난 그것을 조심스럽게 입 안으로 넣었다.

그것을 지켜보던 진 요원이 입을 열었다.

"맛이 어때요?"

"먹을 만해요."

사실 그다지 맛이 있지는 않았지만, 배가 고팠다. 다행스럽게도 토는 더 나오지 않았다. 난 그녀가 들고 온 죽을 시간을 들여 천천히 다 먹었다. 아니, 다 먹어야 했다. 진 요원이 꽤 부담스럽게 나를 바라보고 있었기 때문이다. 그녀는 내 옆에서 틈틈이 휴지로 입가를 닦아주었다. 죽을 다 먹고 물을 마시고 나서야 내가 어떻게 살아서 이곳에 오게 된 건지 진 요원에게 자세히 들을 수가 있었다.

진 요원은 이야기를 꺼내기 전에 담배를 꺼내 들었다. 하지만 불은 붙이지 않았다. 그녀는 담배를 손 위에서 굴리며 천천히 입을 열었다.

"저는 약속했던 시간에 모텔로 돌아왔어요. 모텔 주차장에는 경찰들이 이미 도착해 있었죠. 전 계단 위로 뛰어 올라갔어요. 모텔 주인처럼 당신이 죽어버렸을지도 모른다고 생각했죠. 우리가 묵었던 방에 들어섰을 때 당신은 보이지 않았어요. 침대 밑에 당신의 가방만 있을 뿐이었어요. 전 납치되었다고 판단하고 회사에 도움을 요청했어요. 그리고 바로 당신이 잡혀간 곳으로 차를 몰기 시작했죠."

"제가 있는 곳은 어떻게 아셨죠?"

"사실 판다 님 새 옷에 제가 몰래 위치 추적기를 달아놓았거든요. 차 안에서 내비게이션으로 판다 님의 위치를 파악할 수 있게 되어 있어요. 그 사실을 그때야 생각해 냈어요. 어쩌면 판다 님이 이미 죽어버렸을지도 모르는데 말이죠. 정말 그들이 그 허름한 모텔로 찾아올지 몰랐어요. 변명 같지만, 지금까지 그런 적은 없었거든요. 저는 차를 몰고 최대한 빨리 판다 님이 있는 그곳으로 갔어요. 도착한 곳은 어느 공장 앞이었어요. 철문이 굳게 잠겨 있었고 사람이라고는 아무도 보이지 않았죠. 저는 주변을 살피고 철조망을 넘었어요. 안쪽으로 발길을 옮겨보니 희미한 소리가 들려왔어요. 그것은 울부짖는 소리 같기도 했고 비명 같기도 했죠."

난 다시 그들에게 고문을 당하던 때가 생생하게 떠올랐다. 다리에 통증이 느껴지는 듯했다. 그 통증을 잠재우기라도 하듯이 다리를 쓰다듬으며 그녀의 말에 다시 집중했다.

"그 비명이 나는 쪽으로 조심스럽게 다가가니 사무실이 하나 있었어요. 창문으로 안을 조심스럽게 들여다보았는데 무언가가 움직이고 있었죠."

그녀는 그때 앞머리를 뒤로 쓸어 넘겼다. 가느다란 그녀의 손가락이 희미하게 떨리는 게 보였다. 그리고 다시 말을 이었다.

"그건 거대한 판다였어요. 그 주위로 하이에나 머리를 한 남자와 키 작은 남자가 보였죠. 그들은 거대한 판다를 보고 놀라고 있었어요. 저도 지금까지 그런 거대한 판다는 본 적이 없었어요. 숨을 제대로 쉴 수 없을 정도로 위협적이더군요. 그 거대한 판다는 하이에나 머리 남자에게 먼저 달려들었어요. 그리고 순식간에 하이에나 남자의 머리를 삼켜버렸어요. 그걸 지켜본 키 작은 남자는 바닥에 놓인 도끼를 들었죠. 그리고 그 도끼를 거대한 판다의 어깨에 내리꽂았어요. 하지만 아무런 소용이 없었죠. 판다는 어깨에 도끼를 꽂은 상태로 키 작은 남자의 머리마저 삼켜버렸어요. 정말 순식간이었어요. 전 그 거대한 판다를 보고 공포 때문에 아무것도 하지 못하고 지켜볼 수밖에 없었죠. 판다는 한동안 울부짖고는 그대로 바닥에 쓰러지고 말았어요. 잠시 후 사무실 안은 조용해졌고 전 용기를 내서 안으로 들어갔어요. 사무실 안에는 피 냄새가 진동했어요. 그 많은 피를 보니 저도 현기증이 나서 쓰러져 버릴 것만 같았죠. 거대한 판다는 어느새 지금의 판다 님 모습으로 변해 있었어요. 저는 달려가 판다 님을 깨웠지만 의식이 돌아오지 않더군요. 몸에는 심각한 상처가 나 있었지만, 다행히도 생명에는 지장이 없어 보였어요. 잠시 후 본부 사람들이 도착했고, 그들의 도움으로 당신을 이곳으로 데려온 거예요."

나는 진 요원의 이야기를 듣고 정신이 몽롱해지는 느낌이 들었다. 뭔가 잘못된 기분마저 들었다. 나에게 그런 힘이 있을 리가 없었다. 난 지금까지 살면서 싸움을 제대로 해본 적도 없었기 때문이다. 학창 시절에도 일방적으로 맞은 기억밖에 없다. 내가 싸움에서 누군가를 이겼다는 이야기는 도저히 받아들일 수 없었다. 심지어 상대방의 목숨을 이빨로 끊어버렸다니……. 난 손으로 입 안의 이빨을 건드려 보았다. 딱딱하고 커다란 짐승의 이빨이 만져졌다.

"저는 이제 어떻게 되는 거죠?"

나는 진 요원에게 물었다.

"조사 결과 그들은 이 세계를 꽤 골치 아프게 했던 조직 중에 하나였어요. 잔인했고 비열하기도 했죠. 그 조직의 보스와 행동 대장을 판다 님이 단숨에 처리해 주신 거예요. 몇 년 동안 우리가 해내지 못한 일이었죠. 우리는 매번 그들에게 당하기 일쑤였거든요. 판다 님께 우리는 깊이 감사하고 있어요. 갈 사장님도 잠시 후 직접 오셔서 감사 인사를 드리기로 했어요. 물론 아까 말했다시피 마지막 임무 없이 판다 님의 부탁을 들어드릴 겁니다."

"잘된 일이네요."

"많이 혼란스러우시죠? 짧은 시간 동안 많은 사건이 있었으니……."

그녀의 말이 맞았다. 나는 혼란스러웠다. 그리고 지칠 때로 지쳐버렸다. 몸도 정신적으로도. 빨리 자취방 침대 속으로 들어가 잠을 자고 싶었다. 깨어나면 편의점에 가서 도시락을 사서 먹고 맥주를 마시고 영화를 보다가 또 잠이 들고 싶었다. 그게 나의 주말이고 일상이고 세계였다.

***

　라디오에서 익숙한 노래가 흘러나오고 있었다. 치료실에
는 티브이는 없었지만, 라디오가 하나 놓여 있었다. 필통처
럼 작은, 나무로 만들어진 꽤 귀여운 라디오였다. 라디오에
는 안테나 같은 건 없었는데 소리가 꽤 생생하게 나오고 있
었다. 나는 라디오에서 흘러나오는 노래를 들으며 천장을 올
려다보았다. 분명 콜드플레이 노래였다. 왜 이 노래가 이 세
계에서 흘러나오는 걸까. 알 수 없었다. 난 해외 팝 음악을 자
주 듣지 않지만, 이 가수의 노래만은 잘 알고 있었다. 이 가수
를 알려준 건 민주였기 때문이다.

　이 노래를 알게 된 날 민주와 나는 공원의 벤치에 앉아 따
뜻한 캔 커피를 만지작거리고 있었다. 민주와 나는 아직 사
귀기 전이었고 서로 아는 게 거의 없었을 때였다. 그녀는 갑
자기 가방에서 이어폰을 꺼내 한쪽을 내 귀에 꽂았다. 자신이
좋아하는 가수의 노래라며 들어보라면서 말이다. 그 노래가
좋은지 당시에는 알 수 없었지만, 그녀가 늘 귀에 꽂는 이어
폰으로 음악을 내 몸속으로 흘려보낸 그 시간은 정말 특별한
기억으로 남아 있다.

　그때 우린 잠시 말없이 노래를 함께 들었다. 낙엽들은 우리
발아래에서 뒹굴고 있었고, 공원 밖 높은 아파트들 사이로 커

다란 구름들이 천천히 흘러가고 있었다.

'콜드플레이 알아?'

'아니.'

그 후로 난 콜드플레이 음악을 자주 들었다. 회사에 출근을 할 때도 들었고 점심시간에도 밖으로 나가 이어폰을 꽂고 듣곤 했다. 그러고 보니 내가 빌딩 아래로 '점프'할 수 있다고 생각했던 날, 그날도 콜드플레이의 노래를 듣고 있었다.

『쉬울 거라고 하지 않았어요.

하지만 이렇게 힘들다고도 하지 않았죠.

오, 우리 처음으로 나를 데려가 주세요.』

– 콜드플레이(Coldplay), The Scientist

6.

갈매기 사장이 나를 찾아온 건 오후 4시가 넘어서였다. 창가에 나뭇가지가 부딪히는 소리가 났다. 커튼을 젖히니 그곳에 검은 머리 갈매기가 있었다. 창문을 살짝 열어주자 그가 날아서 안으로 들어왔다. 그리고 치료실 천장을 한 바퀴 돈 뒤 침대 아래로 추락했다. 난 놀라서 몸을 일으켰고 그는 어느새 사람의 몸으로 변해 있었다.

갈 사장은 덥다는 듯 셔츠의 단추를 하나 풀며 입을 열었다.

"오늘도 많이 덥구먼. 다행히도 이곳은 시원하군. 휴⋯⋯."

갈 사장은 침대 앞 의자에 조심스럽게 앉았다.

"이곳 에어컨 성능이 좋더군요."

"진 요원에게 들었겠지만, 이번 일은 정말 감사하네. 자네 덕분에 골치 아픈 문제 하나를 해결하게 됐네. 사실 그들 때문에 아주 오래전부터 꽤 골머리를 썩이고 있었거든. 살인, 납치, 마약 판매, 돈이 되는 일이라면 뭐든 하던 조직이네. 그들이 공장을 운영하며 숨어 있을 줄은 꿈에도 생각 못 했어. 경찰 측에서도 이번 일을 감사하고 있네."

"그 공장에 다녀오시는 길입니까?"

"그래, 그곳을 새벽부터 조사하고 있지. 범죄에 대한 증거물을 확보하기 위해서 말이네. 그리고 몇 시간 전에 지하 벙커를 발견했네. 그곳에 들어가니 수많은 증거물이 쏟아져 나오더군."

"머리…… 들이요?"

"아, 이미 아는군?"

"그들이 직접 저에게 보여주었습니다."

"음…… 안 그래도 자네에게 여러 가지 물어볼 게 있네. 정신적으로나 육체적으로도 힘이 들 테지만 나에게 그곳에서 있었던 일을 자세히 설명해 줄 수 있겠나? 부탁하네."

난 갈 사장에게 그들에게 들었던 이야기, 그곳에서 일어났던 일들을 자세히 이야기해 주었다. 갈 사장은 이야기 도중 내가 하는 말들을 녹음기로 녹음해도 되는지 물었다. 난 괜찮다고 했다. 갈 사장은 이어서 내가 하는 이야기들을 아주

사세하게 경청했다. 마지막으로 내가 의식을 잃었고 눈을 떠보니 이곳이라고 말했을 때 갈 사장은 들고 있던 녹음기의 정지 버튼을 눌렀다.

"그 이후의 이야기는 진 요원에게 모두 들었네. 당신이 그들을 모두 처리해 버렸다고."

"저는 전혀 기억이 없어서요."

"음…… 사실 이번 임무 수행에 있어 자네에게 숨긴 게 두 가지가 있네. 한 가지는 자네 판다 머리를 노리는 누군가가 있다는 것을 어느 정도 내가 예상하고 있었다는 것이네. 오래전부터 머리가 없는 시체들이 발견되고 있었고, 누군가가 동물의 머리를 수집하고 있는 게 아닌가 하는 의심을 하고 있었지. 그리고 판다 머리를 한 사람은 이 세계에는 없으니까."

"그래서 저에게 특별히 총을 주신 거군요."

갈 사장은 고개를 여러 번 끄덕이고는 천천히 말을 이었다.

"그리고 다른 한 가지는 진 요원이 사실 A급 요원이 아니라 최상위 요원이라는 것이네. 뭐, 결국 이런 일이 일어났지만 말이야."

갈 사장은 나의 엉망이 된 몸을 바라보았다.

"괜찮습니다. 진 요원님도 갈 사장님도 결국 절 위해 노력해 주셨는데요."

"그렇게 생각해 준다면 나로서는 고맙네. 일단 좋은 소식

이 있네. 자네는 이제 원래 얼굴로 돌아가고 원래의 세계로
도 돌아갈 수 있네."

"지금 제 얼굴을 바꿔주시는 건가요?"

"그래, 그 전에 내가 제안 하나 해도 될까?"

"어떤……."

"어려운 결정이 될지도 모르겠네. 하지만 진지하게 한번
고민해 주었으면 하네."

갈 사장은 자리에서 일어나 나에게 고개를 숙였다. 난 뭔
가 불안했지만 일단 알았다는 대답을 했다. 그는 다시 의자
에 조심스럽게 앉아 입을 열었다.

"우리는 정부 아래에서 각종 문제를 비밀리에 해결하고 있
는 회사라네. 이 세계는 각종 범죄와 괴물들에 노출되어 있
는 곳이고 말이야. 그래서 우리에겐 특별한 힘이 필요하지.
진 요원의 회복 능력처럼 말이야. 당신의 초인적인 힘은 이
세계에 큰 힘이 될 거라 확신하네. 물론 그 힘을 컨트롤할 수
있을지 없을지는 모르지만, 훈련을 통해 충분히 가능할 거라
고 생각하고 있네. 비슷한 사례도 충분히 있었고 말이야. 그
러니까 내 말은 자네가 이 세계에 남아주었으면 한다는 거
네. 자네가 그 힘을 자유롭게 컨트롤할 수만 있다면 이 세계
에서 많은 생명을 살릴 수가 있을 거야. 물론 이 세계에서 자
리 잡는 데 우리는 각종 지원을 아끼지 않겠네."

"그건……."

"천천히 고민해 보게."

상처는 빠르게 아물고 있었다. 이불을 걷어 다리를 보자 상처가 줄어들고 있는 것이 눈에 보일 정도였다. 아마도 이곳 치료제는 효과가 빠른 듯했다.

갈 사장은 내게 시간을 주기로 했다. 그가 한 시간 뒤 이곳으로 돌아오면 난 대답을 해주기로 약속했다. 어떤 결정이든 존중해 주기로 했지만 고민이 되는 건 사실이었다. 치료실의 하얀 천장을 보며 이곳에 남아 새로운 삶을 사는 것과 원래 세계로 다시 돌아가는 삶을 그려보았다. 분명 큰 차이가 있었다.

이곳에 남게 되면 나는 유명한 영웅 같은 존재가 될 수도 있다. 많은 사람의 인기를 한 몸에 받고 아름다운 여자와 결혼을 할 수 있을지도 모른다. 반면, 원래 세계로 돌아간다면…… 일단 내일 바로 출근을 해야만 한다. 지옥철을 타고 회사로 가서 익숙한 사람들과 한 공간에 모여 각자의 불편함을 감추고 책상에 앉아 있을 것이다. 끝없는 프로젝트가 이어질 뿐이고, 그런 똑같은 하루하루가 이어질 것이었다. 가장 중요한 건 여자 친구와도 헤어져 버렸다는 것이다. 이런 생각들을 천장에 그려보니 이곳에 남는 게 좋을 것처럼 느껴졌다. 정답은 나와 있었다.

"그럼, 자네 결정을 말해주겠나?"

갈 사장은 치료실 창밖을 내다보고 있었다.

"네, 제안해 주신 것 감사하지만 전 원래 세계로 돌아가려고 합니다."

"그 이유가 처음 내게 말했던 출근 때문인가?"

나는 천천히 고개를 저었다. 그리고 갈 사장을 보며 말했다.

"제가 좋아하는 사람이 아직 그 세계에 살아가고 있어요. 그뿐입니다."

갈 사장은 내 대답을 듣고 두 눈을 감았다. 그리고 이내 알겠다고 말했다. 그는 천천히 내게 다가와 작은 부리를 열었다.

"그럼 시작할까? 일단 원래의 얼굴로 돌아가도록 하지."

"부탁드립니다."

난 침대에서 몸을 일으켜 걸터앉았다. 갈 사장은 팔을 펼쳐서 스트레칭하고는 내 주변을 빠르게 걷기 시작했다. 그리고 팔을 몇 번 위아래로 흔들더니 어느새 새의 몸으로 변해버렸다. 갈 사장은 치료실 천장을 크게 두 바퀴 돈 뒤, 내 머리 위에 착지했다. 나도 모르게 "엇!" 하는 소리를 내고 말았다.

갈 사장은 머리 위에서 내게 말했다.

"겁내지 말게. 나를 믿고 긴장 풀게."

난 알겠다고 대답했다. 내 머리 위에 새의 발 감촉이 느껴졌다. 갈 사장은 내 머리에서 춤을 추듯 콩콩 뛰기도 하고 꽥꽥 울기도 했다. 마치 감기에 걸린 오리의 목소리 같았다. 난 그 모습이 궁금해서 위를 보려고 해보았지만 잘 보이지는 않았다.

"자네의 원래 얼굴을 눈을 감고 생각해 보게."

난 눈을 감고 그가 시키는 대로 했다. 하지만 이상하게도 내 원래 얼굴을 떠올릴 수가 없었다. 생각하면 할수록 그저 더욱더 깊은 어둠으로 빨려 들어갈 뿐이었다. 이대로 실패를 할지도 모른다는 생각이 들었다. 내 원래 얼굴이 아니라 다른 얼굴로 변해버릴지도 모른다는 생각도 들었다. 그래도 지금 판다 얼굴보다는 나을지도 모른다.

갈 사장은 한동안 내 머리 위에서 춤을 추듯 콩콩 뛰다가 이내 내 머리 위를 떠나갔다. 그가 떠나간 내 머리가 허전하게 느껴졌다. 갈 사장의 목소리가 귓가에 울렸다.

"이제 눈을 뜨게."

눈을 뜨자 내 앞에 있는 의자 등받이에 갈 사장이 앉아 있었다. 갈 사장은 작은 부리로 노래하듯 말했다.

"성공적이네. 원래 인간의 얼굴로 돌아왔네."

난 손을 올려 얼굴을 만져보았다. 정말이었다. 더는 짐승의 털이 만져지지 않고 끈적한 맨살의 피부가 만져졌다. 도톰한 입술과 그리 높지 않은 코, 두 개의 콧구멍, 쌍꺼풀 없는 두 개의 눈, 조금은 넓은 이마가 아주 생생하게 손끝에 느껴졌다. 난 웃음이 나왔다.

"거울을 봐도 될까요?"

"거울은 저기 화장실에 있네."

난 침대에서 조심스럽게 일어났다. 아직도 오른쪽 다리에서는 통증이 느껴졌지만 걸을 수는 있었다. 화장실에 들어서자마자 거울에 인간의 얼굴이 비쳤다. 분명 아주 익숙한 얼굴이었다. 오래된 친구를 만난 듯한 기분마저 들었다. 난 다시 손을 올려 얼굴을 만졌다. 거울 속 나도 따라서 인간의 얼굴을 만지고 있었다. 하지만 거울 속 나는 기뻐 보이는 대신 왠지 쓸쓸해 보였다. 그토록 원했던 내 얼굴이 꽤 시시해 보였다. 역시나 그다지 잘생기지도 않았고 그저 평범했다. 이런 얼굴을 그토록 간절히 원했다는 사실이 왠지 바보처럼 느껴지기도 했다.

난 다시 침대로 돌아와 갈 사장에게 감사의 인사를 했다. 그리고 그에게 물었다.

"사실 눈을 감고 제 얼굴을 떠올릴 수가 없었어요. 근데 어떻게 원래 얼굴로 돌아가게 된 거죠?"

"그건 그냥 말한 것뿐이네. 난 여기 오기 전에 자네의 원래 얼굴 사진을 보고 왔네. 그리고 내 능력은 아주 정확해서 이런 건 매우 식은 죽 먹기지."

"그렇군요……."

"아직도 다리가 불편한가?"

"네, 그래도 빠르게 회복되고 있는 듯합니다."

"그건 진 요원 덕분이라네. 진 요원의 빠른 회복 능력을 연구해서 우리는 새로운 치료제를 개발했지. 일반 사람들도 아주 빠르게 회복이 가능해. 당신이 처리한 그 조직도 진 요원을 봤다면 납치하려 했을지도 몰라. 진 요원의 능력이 안 좋은 쪽으로 쓰이는 순간 상상조차 할 수 없는 일이 벌어질 거야. 아무쪼록 잘 해결되어서 다행이네."

"진 요원님은 이 세계에서 정말 멋진 일을 하고 계신 거군요."

난 진 요원을 떠올렸다. 가느다란 팔목과 차가운 손길, 다리와 손이 잘려나가도 다시 살아나는 여인. 그녀는 몸에 상처는 없지만 보이지 않는 곳에 상처를 남기고 살아가고 있을지도 모른다는 생각이 들었다.

"그런데 한 가지 질문을 해도 될까요?"

"해보게."

"이 일을 하시는 이유가 뭔가요?"

나의 질문에 잠시 침묵이 흘렀다. 이내 갈 사장은 작은 부리를 열어 말을 시작했다.

"음…… 동물 얼굴로 변하는 이유는 아직 알지 못하지만, 그저 벽 같은 게 아닐까 생각하네. 도저히 앞으로 나아갈 수 없는 벽. 그 벽으로 인해 우리는 때론 극단적인 생각을 하게 돼. 하지만 인생은 그 길만 있는 게 아니라네. 분명 다른 길로 가도 우리는 많은 걸 할 수 있다는 걸 알 수 있다네. 운이 좋으면 다른 길에서 또 다른 행운과 행복을 만날 수도 있고 말이야. 난 벽을 마주한 사람들에게 그걸 알려주고 또 도와주고 싶은 건지도 모르겠네."

그의 말이 좀 어려웠지만 왠지 알 것 같기도 했다. 난 고개를 떨구고 내 오른쪽 다리를 어루만져 보았다. 진 요원의 치료제 덕인지 갈 사장의 대답 덕분인지 다리에 있던 통증들이 더 이상 느껴지지 않았다.

"전 이제 어떻게 돌아가죠? 집에 가서 쉬고 싶네요."

"진 요원이 잠시 뒤에 오기로 했네. 당신을 원래 세계로 안내하고 싶다고 했거든. 내가 직접 안내하려고 했지만 진 요원이 꼭 자네를 배웅하고 싶다고 하더군."

"그렇군요."

"아, 이걸 받게. 현장에서 발견한 자네 가방이네."

갈 사장이 앉아 있었던 의자에 내 가방이 걸려 있었다. 오래되고 그리 비싸지도 않은 익숙한 검은색 토트백이다. 왠지 내 몸의 일부를 만난 듯한 기분이었다. 난 가방을 집어 들어 안을 열어보았다. 갈 사장이 빌려준 총은 사라지고 없었다. 가방 안에는 전원이 꺼진 휴대폰과 다이어리, 필통, 지갑이 그대로 들어 있었고 나에게 임무 위치를 알려주던 물품들(반짝이는 유리구슬, 검정 지우개, 인어가 그려진 라이터)은 그대로 담겨 있었다. 갈 사장은 그 물품들은 가져가도 좋다고 했다.

"어차피 그쪽 세계에서는 전혀 쓸모가 없는 물품일 테니까."

갈 사장은 다시 치료실을 한 바퀴 날아서 사람의 몸으로 돌아왔다. 난 그에게 마지막으로 감사의 인사를 전했다. 그는 언제든 이 세계에 올 마음이 생기면 진 요원의 인스타그램으로 연락을 달라고 했다. 그러고 보니 이 세계를 연결해준 건 진 요원과의 인스타그램 다이렉트 메시지라는 걸 떠올렸다.

난 치료실을 나서는 갈 사장에게 마지막으로 물었다.

"저기…… 이곳에서의 이야기는 비밀로 해야 하는 거죠?"

"그런 걱정까지 할 필요는 없네. 이곳에서의 기억은 자동으로 지워질 거라네."

"자동적으로요?"

"그래, 아주 서서히 잊게 될 거라네. 마치 어린 시절 기억들처럼 말이야."

갈 사장은 나에게 손을 올리고 작별 인사를 건넸다. 난 웃으며 그에게 고개를 숙여 인사했다. 고개를 들었을 때 그는 이미 사라지고 없었다. 검은 머리 갈매기로 변해버리는 인간. 그 기억이 서서히 지워질 거라니 왠지 아쉽기도 했다. 난 창가로 걸어가 창문을 조금 열어보았다. 어느새 밖은 어두워져 있었고 도로의 차들은 각자의 빛을 내뿜으며 어딘가로 향하고 있었다. 일요일 밤, 이 세계의 사람들도 돌아갈 집이 있는 것이다.

* * *

진 요원이 치료실에 다시 돌아온 건 저녁 7시가 넘어서였다. 그때까지 난 계속 잠을 잤다. 딱히 할 것이 없다는 이유도 있었지만 자도 자도 계속 잠이 몰려왔기 때문이기도 했다. 그녀는 인간의 얼굴로 변한 내 모습을 보고는 한 손으로 입을 가리고 한참을 웃었다. 난 덕분에 얼굴이 빨개지고 말았다. 이제는 이 빨간 얼굴을 감출 수도 없었다.

괜히 침대에서 일어나 머리를 정리하는데 진 요원이 입을 열었다.

"판다 님, 원래 얼굴도 나름 귀여우신데요?"

"남자한테 귀엽다는 말은 칭찬이 아닌데."

"왜요, 귀여운 남자가 어때서. 전 귀여운 남자가 좋던데. 얼굴도 빨개지고 그런 남자가."

"그만 놀리시죠?"

그녀의 손에는 맥도날드 마크가 그려져 있는 종이 가방이 들려 있었다. 그녀는 내가 저녁을 먹지 못했으니 이걸 먹고 가라고 했다. 난 그 종이 가방을 받고서 말했다.

"이곳에도 맥도날드가 있나요?"

"그럴 리가요. 당신 세계에 다녀왔죠. 당신은 아무래도 이쪽 세계 햄버거보다 원래 세계의 햄버거를 좋아하실 것 같아서요. 이곳에서는 모두 콩 고기를 사용해서 햄버거를 만들거든요."

"알고 있어요."

"어떻게?"

"전 생각보다 이 세계를 많이 알아버렸다고요."

난 웃으며 맥도날드 햄버거 포장지를 뜯었다. 그녀가 사다

준 버거를 한 입 베어 먹었을 때, 그녀는 가방에서 다른 무언가를 꺼내 건넸다. 그건 빨간색 포장지로 감싼 선물 상자였다.

"이게 뭐죠?"

"이별 선물."

"뜯어봐도 되죠?"

그녀는 짧게 고개를 끄덕이고는 TV쇼 방청객처럼 나를 바라보았다. 그녀가 사 온 건 꽤 비싸 보이는 와이셔츠였다. 청색과 녹색 중간의 색이었는데 부드럽고 원단도 좋아 보였다. 난 화장실로 가서 와이셔츠를 입어 보았다. 생각보다 나와 잘 어울리는 듯했다. 그녀에게 그 모습을 보여주자 아주 만족스럽다는 듯이 나를 바라보며 말했다.

"역시 의외로 어깨가 넓으시군요. 잘 골랐다."

"감사합니다. 전 드릴 게 없네요. 기회가 된다면 다음에 맛있는 거라도 사드릴게요."

"데이트 신청인가요?"

"아니, 그건 아니고, 제가 밥도 많이 얻어먹고 선물도 받았고, 도움도 많이 받았으니까……"

그녀는 내게 다가와 볼에 입을 맞추었다. 나는 놀라서 그대로 바닥으로 미끄러질 뻔했다. 내 얼굴은 다시 뜨거워지고 말았다. 그녀는 날 놀리는 게 재미있다는 듯 웃으며 말했다.

"큰 의미를 두지 말아요. 이건 진짜 마지막 선물이니까."

"그렇다면 저도 선물을……."

"됐거든요!"

난 다시 침대에 앉아 햄버거를 마저 먹었다. 나는 느끼고 있었다. 원래 세계로 돌아가면 그녀와 이제는 다시는 만날 일이 없을 것이라는 것을. 그녀는 이 도시에서 꽤 바쁘고 유능한 요원이다. 그러니 내가 살던 세계에 와서 나와 스파게티를 먹을 여유는 없을 것이었다. 난 햄버거를 다 먹고 화장실로 가서 내가 원래 입고 온 검은 바지로 갈아입었다. 더는 다리가 아프지 않았다. 난 진 요원에게 감사하며 그녀와 치료실을 빠져나왔다.

보름달이 어둠을 짊어진 듯 하늘에 홀로 떠 있었다. 우린 밝고 시끄러운 거리를 걸었다. 일요일이지만 여전히 사람들이 많았기 때문이다. 우린 금요일 밤에 걸었던 곳을 반대로 다시 걸어 편의점 앞에 도착했다. 편의점에는 역시 웃음기 없는 젊은 남자가 자리를 지키고 있었다. 난 그에게 인사를 했지만 그는 역시나 차갑게 나를 노려볼 뿐이었다. 난 애써 웃으며 그를 지나쳤다.

"무사히 돌아가게되어 다행이에요."

진 요원은 직원 휴게실 안에서 말했다.

"여기서 진짜 헤어지는 건가요?"

"그게 좋을 것 같아요. 저 캐비닛 안으로 들어가시면 다시 원래 세계입니다. 그 편의점에서 나가 집으로 돌아가시면 돼요."

"뭔가 이렇게 헤어지다니 아쉽기도 하네요."

"다 그런 거죠, 뭐."

"정말 감사했습니다."

고개를 숙인 내 머리 앞으로 그녀의 가느다란 손이 내밀어졌다. 우린 캐비닛 앞에서 마지막으로 악수했다. 그녀의 손은 여전히 가늘고 부드러웠으며 차가웠다. 전혀 싸움과 어울리지 않은 손이라고 다시 한번 생각했다. 심지어 이 아름다운 손이 잘리기도 했었다는 사실이 나의 마음을 쓰리게 만들었다. 그녀는 캐비닛 문을 열어주었다. 난 그곳에 조심스럽게 몸을 구겨 넣었다. 인간의 머리로 돌아왔지만 캐비닛 안

은 여전히 좁다는 생각이 들었다.

"앞으로는 원하는 모습으로 변해가세요."

진 요원의 목소리가 캐비닛 밖에서 울렸다. 내가 고맙다고 말하기도 전에 캐비닛 문은 닫혔다. 캐비닛 문을 닫자 모든 게 어둠으로 변해버렸다. 난 어둠 속에서 숫자를 셌다.

'10, 9, 8, 7, 6……'

***

눈을 떴을 때 여전히 난 어둠 속에 있었다. 하지만 아까와는 다른 장소에 있다는 걸 느낄 수 있었다. 희미하게 레몬 사탕 향이 났다. 손을 뻗어보니 차가운 캐비닛 문이 느껴졌다. 그 문을 힘껏 밀었고 캐비닛 문이 쾅 소리를 내며 열렸다. 그곳은 진 요원과 처음 맥주를 마셨던 창고였다. 창고에는 익숙한 상표의 과자와 컵라면, 코카콜라가 가득 쌓여 있었다. 정말 원래 세계로 돌아온 것이었다.

난 먼저 가방에서 휴대폰을 꺼내 전원 버튼을 눌렀다. 이내 화면이 하얗게 빛났다. 화면에 뜨는 사과 로고가 이렇게 반갑게 느껴진 것은 처음이었다. 휴대폰이 켜지자 먼저 메신저를 확인했다. 하지만 메시지가 온 곳은 없었다. 2박 3일 동안 아무런 연락이 없다니 꽤 실망스러운 마음이 밀려왔다. 인스타그램에 접속해 보았다. 팔로워 한 명이 늘어나 있었다. 새롭게 날 팔로우한 사람의 인스타그램으로 접속해 보니, "외로운 오빠들 연락해 줘."라는 문구가 프로필에 적혀 있었다. 난 바로 차단 버튼을 누르고 휴대폰을 다시 가방에 던져 넣어버렸다. 내가 이 세계에 없어도 그다지 슬퍼할 사람은 없을 것처럼 느껴졌다. 난 쓸쓸한 마음으로 그 창고에서 나왔다.

편의점에는 여전히 나이 든 남자가 자리를 지키고 있었다. 그는 꾸벅꾸벅 졸다가 내 발소리를 듣고 눈을 떴다. 그리고 미소를 지으며 나에게 정중하게 인사했다. 그도 분명 갈매기 사장 밑에서 일하는 직원이니, 어쩌면 엄청난 능력을 숨기고 있을지도 모른다는 생각이 들었다.

나도 그에게 고개를 숙여 인사하고는 다가가 입을 열었다.

"말보로 멘솔 담배 하나 주세요."

내가 진 요원에게 사주었던 담배와 같은 것이었다. 그가 뒤를 돌아 담배를 빼내는 사이 나는 계산대 옆에 있는 일회용 라이터를 하나 빼서 올려놓았다. 계산을 마치고 그에게 마지막으로 인사를 하고는 편의점을 빠져나왔다. 뒤를 돌아, 가게 안을 다시 보니 그는 어느새 자리에 앉아 눈을 감고 있었다.

일요일 강남의 밤은 여전히 후덥지근했다. 여전히 많은 사람이 어딘가로 향하고 있었고 나를 지나쳐 갔다. 난 편의점 옆 골목에서 담배 포장지를 뜯어 한 개비를 입에 물었다. 그리고 라이터 부싯돌을 돌렸다. 얼마 만에 피우는 담배일까 생각해 보았지만 잘 생각나지 않았다. 그저 아주 오랜만인 건 분명했다. 처음 담배를 피울 때 특유의 맛이 입 안을 맴돌았다. 머리가 핑 돌고 어지럽기까지 했다.

다 피우지 못할 것 같아 담배를 비벼 끄고는 골목을 빠져나와 찻길에서 손을 흔들었다. 빈 택시는 많아 보였지만 택시들은 나를 보지 못하고 그냥 지나쳐 버렸다. 역시 이곳에서 난 존재감이 없는 놈이었다. 휴대폰을 다시 꺼내 시간을 보니 오후 9시가 넘어가고 있었다. 피곤해서 택시를 타고 싶었지만 어쩔 수 없이 지하철 쪽으로 발길을 옮겼다. 지하철은 나를 보고 그냥 지나치지는 않으니까.

방배역 앞 맥도날드에는 여전히 불이 환하게 켜져 있었다. 사람들 몇 명이 의자에 앉아서 햄버거를 먹거나 이야기를 나누고 있었다. 그리고 며칠 전 나에게 다크서클이 진하다고 말한 여자 종업원은 여전히 계산대에서 휴대폰을 내려다보고 있었다. 난 가게 유리문을 밀고 그녀를 향해 걸어갔다.

내가 계산대 앞에 서자 그녀는 휴대폰을 서둘러 주머니에 넣고는 입을 열었다.

"주문하시겠어요?"

"아이스크림 하나요."

"소프트콘이요?"

"아, 네. 그거요."

"다른 건 필요 없으세요?"

"네."

난 지갑에서 천 원짜리 지폐를 꺼내 그녀에게 건넸다. 그녀는 잔돈을 내게 건네고는 뒤돌아 아이스크림을 콘을 집었다. 아이스크림은 순식간에 콘 위에 말려 올려졌다. 그녀는 그것을 내게 건넸고 난 그 콘을 받으며 입을 열었다.

"오늘도 제 눈 밑에 다크서클이 보이시나요?"

"네?"

"다크서클이요."

"지금 작업 거시는 건가요?"

그녀의 미간에 주름이 잡혔다.

"아니, 며칠 전에 제게 다크서클이 진하다고 하셔서……."

"그런 적 없는데요? 비켜주시겠어요? 뒤에 손님이 기다리고 계셔서요."

고개를 돌려보니, 어느새 내 뒤에 여자 손님 한 명이 팔짱을 끼고 나를 노려보고 있었다.

"아, 죄송합니다."

　나는 서둘러 자리를 비켜주었다.

　가게를 나와 아이스크림을 먹으며 집으로 향했다. 그리고 맥도날드 여자 종업원을 생각했다. 금요일에 내게 다크서클이 진하다고 말한 사람은 분명 그녀가 맞았다. 그녀는 왜 기억해 내지 못할까. 혹시 그녀가 쌍둥이인 것일까. 그것 말고는 딱히 이유를 생각해 낼 수 없었다. 아이스크림은 달고 맛있었다. 그 달콤함과 차가움은 충분히 반갑고, 날 기쁘게 했지만 금세 녹아 손으로 흘러내렸다.

7.

　왜 알람이 울리기 전에 눈이 떠지는 걸까. 불쾌한 느낌이 들었다. 아무 무늬가 없는 회색 이불, 검은 철제 협탁, 한 달 전부터 읽기 시작했지만 여전히 다 읽지 못한 책이 시야에 들어왔다. 그 위에 놓인 휴대폰. 나는 손을 뻗어 휴대폰을 집었다.

　현재 시각 오후 6시 15분. 6시 30분에 맞춰진 알람을 껐다. 그리고 누워서 천장을 올려다보았다. 벽 구석에 희미하게 곰팡이 자국이 보였다. 그 자국이 이상하게 판다 얼굴이 떠오르게 했다. 내 얼굴이 판다로 변하고 다른 세계에 다녀온 지 벌써 6개월이 지났다. 그동안 나에게는 큰 변화가 두

가지 있었다. 첫 번째는 회사를 그만둬서 이렇게 늦은 오후에 일어나는 일상을 보내고 있다는 것이다. 나는 서른두 살이 되었고 이제 젊다고는 할 수는 없는 나이가 되어버렸다. 두 번째는 자취방 안에 다른 누군가와 살고 있다는 것이다. 그건 바로 새끼 고양이다. 고양이의 이름은 '마틴'이다. 그렇다. 콜드플레이 보컬의 이름 '크리스 마틴'에서 따왔다. 그를 보면 왠지 콜드플레이 보컬이 떠올랐기 때문이다.

이 귀여운 마틴은 몇 달 전에 내가 직접 구조했다. 날이 추워지고 있었고, 난 장을 보러 가기 위해 마트를 향해 걷고 있었다. 이제는 회사에 다니지도 않아서 삼시 세끼 직접 밥을 해 먹어야 했기 때문이다. 최대한 저렴한 식자재를 파는 마트는 꽤 거리가 있었지만, 생활비를 절약하기 위해 그곳까지 걸어가곤 했다.

그때 골목에서 희미하게 아기 울음소리가 들려왔다. 울음소리가 들려오는 곳에 가보니 고양이 두 마리가 있었다. 안타깝게도 한 마리는 차갑게 식어 있었다. 그 옆에서 목이 찢어져라 울고 있는 고양이도 상태가 많이 좋지 않았다. 내가 다가가도 도망칠 힘도 부족해 보였다. 그래도 눈에는 살기 같은 것이 느껴졌다. 난 가방에 그 고양이들을 넣어서 바로 동물병원으로 달려갔다. 움직임이 없던 고양이는 병원에서도 살리지 못했다. 그 죽은 고양이는 지금 뒷산에 잠들어 있다. 살아남은 한 마리는 영양이 부족한 것 빼고는 건강에 문제가 없다고 했다. 고양이를 어떻게 하겠냐고 하얀 가운을 입은 의사가 안경을 치켜올리며 물었다. 두꺼운 검은 테 안경을 낀 남자였다. "일단 우리 집에 데리고 갈게요."라고 난 그에게 말했다.

그렇게 며칠 더 병원에서 입원 치료를 받은 후, 마틴은 내 자취방으로 오게 되었다. 마틴은 금세 생기를 되찾았고 빠르게 적응했다. 병원에서 사 온 사료도 잘 먹고, 물도 잘 마셨으며 내 침대 위에서 잠도 잘 잤다. 하루하루 잭과 콩나무의 콩나무처럼 커가고 있다. 마틴도 내 자취방이 싫지만은 않아 보였고 나도 그와 지내는 것이 불편하지 않았다.

침대에서 일어나 마틴의 밥그릇에 사료를 부어주었다. 또르르. 소리가 경쾌하게 울렸다. 그 소리를 듣고 마틴이 신나게 달려와 허겁지겁 사료를 먹기 시작했다.

"너 그러다 체해."

내 말에 마틴은 귀를 쫑긋거렸다. 하지만 나를 쳐다보지 않고 빠르게 밥을 먹었다. 나는 그것을 한참 바라보다 시계를 확인했다. 곧 나갈 시간이었다.

"돈 벌어올게."

난 그제야 옷을 벗고 욕실로 들어갔다. 클렌징폼을 짜서 얼굴에 문지른 후, 일회용 면도기로 수염을 긁어냈다. 그리고 빠르게 얼굴을 물로 헹궜다. 매일 이렇게 세수를 할 때면 회사 다닐 때와 딱히 달라진 건 없는 듯 느껴졌다.

퇴사한 뒤 회사 근처에 가본 적이 있다. 그저 회사 근처에 내가 자주 갔던 라면 가게가 생각났기 때문이다. 그 라면이 문득 생각나서 내 머리에서 며칠간 떠나가지 않았다. 그래서 평일 낮에 그곳으로 갔다. 혹시 아는 사람을 마주칠 수도 있으니 검은 모자를 푹 눌러쓰고 말이다.

그곳은 담배와 평범한 물건을 파는 작은 슈퍼마켓이었다. 슈퍼마켓 주인은 할머니다. 커다란 빌딩 사이에 이런 작은 슈퍼마켓이 있다는 게 왠지 기묘하기도 했다. 예전에 부장님이 다른 직원과 그 슈퍼마켓 할머니에 대해 이야기하는 걸 들은 적이 있다.

"할머니가 저 슈퍼 주변 토지를 다 가지고 있는 엄청난 부자래."

그 말이 사실인지 알 방법은 없었지만. 나는 그곳을 꽤 좋아했다. 어릴 적 우리 집이 생각났기 때문이다. 어릴 적 어머니는 내 이름을 간판에 넣어 동네에 작은 슈퍼마켓을 하셨다. 장사가 잘되지는 않았다. 열 걸음만 가면 또 다른 큰 슈퍼마켓이 있었기 때문이다. 결국 그 가게는 내가 중학생이 되기 전, 문을 닫았다.

할머니의 슈퍼마켓 안에는 간이 테이블 한 개가 놓여 있었다. 테이블 위에는 그날의 새로운 신문이 놓여 있어 그것을 읽다 보면 주문한 라면이 나왔다. 주인 할머니는 늘 라면에 콩나물과 파, 계란까지 넣어 끓여주셨고 단무지와 찬밥은 서비스로 주셨다. 그렇게 해서 3,500원밖에 하지 않았다.

오랜만에 찾아간 그곳은 변함이 없었다. 변한 건 신문 날짜와 그 속에 기사들. 할머니가 보시는 작은 티브이 속 화면 정도였다. 나는 테이블에 앉아 라면을 골라 할머니에게 내밀었다. 할머니는 아무 말 없이 주방에 가서 그 라면을 끓여주셨다. 곧 양은 냄비에 라면이 나왔고 할머니는 단무지와 김치도 함께 주셨다. 나는 매우 배가 고팠기 때문에 라면을 순식간에 해치웠다. 그동안 할머니는 의자에 앉아 티브이 채널을 돌리며, 찾아오는 사람들에게 담배를 팔았다. 할머니가 담배를 파는 사이 올려다본 티브이 속에는 어딘가 익숙한 사람의 사진이 보였다.

"6개월 넘게 행방불명된 유명 그룹 회장이 결국 사체로 발견되었습니다."라고 뉴스 앵커가 말하고 있었다. 회장의 얼굴은 강남 편의점에서 졸린 눈으로 내게 담배를 팔던 남자의 얼굴과 닮아 있었다.

잠시 후, 할머니는 자리로 돌아와 리모컨을 집어 채널을 돌렸다. 나는 라면 국물에 찬밥을 넣으며 할머니에게 물었다.

"오늘은 왜 김치도 주시죠?"

"이제 자주 못 올 것 같아서. 자주 보이던 사람이 안 보이면 이제 아쉬움보다 안타까운 기분이야. 뭐 그 사람에게는 그 사람만의 사정이 있을 테지만 말이야."

"아……."

나는 김치를 밥과 함께 숟가락에 올려 입 안으로 밀어 넣었다.

다 먹은 후 가게에서 나와 담배에 불을 붙였다. 그리고 내가 일했던 회사의 건물을 올려다보았다. 창가에서 사람들이 움직이는 게 보였다. 저 건물 안 사람들 모두가 나를 욕하고 있는 것 같은 기분이 들어 담배를 다 피우지 못하고 비벼 껐다.

자취방으로 돌아가는 지하철을 기다리는데 반대편에서 한 여자가 눈에 들어왔다. 그녀는 진 요원을 매우 닮은 여자였다. 아니, 정말 진 요원일지도 모른다는 생각이 들었다. 그녀가 노란 우산을 들고 있었기 때문이다. 스크린도어 너머에서 그녀는 갈색 코트를 입고 휴대폰을 내려다보고 있었다. 난 반대쪽 승차하는 곳으로 달려가 그녀에게 말을 걸어볼까 생각했다. 그렇지만 결국 그러지 못했다. 그녀가 정말 진 요원이라고 해도 어떤 말을 해야 할지 몰랐기 때문이었다. 내가 그런 고민을 하는 사이 반대쪽에 지하철이 들어와 그녀를 싣고 떠나갔다.

***

    여전히 나는 돈을 벌고 있다. 집에서 15분 정도의 거리에 있는 작은 편의점에서 아르바이트를 하기 시작했다. 나는 그곳에서 밤 8시부터 다음 날 아침 8시까지 일을 했다. 돈이 필요했다. 마틴의 병원비가 생각보다 많이 나왔고, 퇴사 전에 들어놓았던 적금을 유지하기 위해서이기도 했다. 적금을 깰 수도 있었지만, 왠지 그러고 싶지는 않았다. 편의점 야간 아르바이트를 선택한 건 개인 시간이 많을 것 같아서였다.

    그리고 실제로 야간 편의점 아르바이트를 하며 개인 시간을 많이 가질 수 있었다. 내가 일하고 있는 편의점이 조용한 주택가에 있는 것도 이곳을 선택하게 하는 데 한몫을 했다. 새벽 2시가 넘으면 주변 집들의 불은 모두 꺼지고 편의점만 밝게 빛을 냈다. 마치 반딧불이처럼. 난 그 여유로운 시간에 책을 읽거나 노트북을 펼쳐서 글을 썼다. 바로 지금 쓰고 있는 이 글이다.

    분명 검은 머리 갈매기 사장은 내 기억이 자연스럽게 지워질 거라고 했다. 하지만 난 아직도 그때의 기억을 생생하게 떠올릴 수 있었다. 더 시간이 지나야 그때의 기억이 사라지는 걸까. 모르겠다.

    긴 글을 써본 적은 학생 때를 제외하고는 딱히 없었다. 블

로그도 하지 않았고 인스타그램에는 그다지 글을 길게 적지도 않으니까. 그저 나의 변화를 기록하고 싶다는 생각이 문득 들었다. 판다 머리, 다른 세계, 다리가 잘리면 다시 재생되는 여인, 그릇에 차를 마시는 검은 머리 갈매기 사장, 목이 돌아가는 부엉이 마녀. 생각나는 것들을 일단 적어보기로 한 것이다. 어쩌면 며칠 전 지하철에서 진 요원일지도 모르는 여자를 본 것이 계기가 되었는지도 모른다. 그녀가 정말 진 요원이었다면, 분명 또 변해버린 누군가를 구하러 온 게 틀림이 없었다. 그들은 여전히 조용히 임무를 수행하고 있는 것이리라.

그날 밤부터 난 이 글을 쓰기 시작했다. 아무것도 쓰지 못한 날도 있고, 술술 써 내려간 날도 있었다. '이걸 기록하는 게 어떤 의미가 있는 것일까.' 하는 의문이 자꾸 들었지만 어떻게든 끝까지 써보자고 나 자신과 약속을 했다. 이걸 끝내지 못하면 난 앞으로 더 나아가지 못할 것이다. 그런 생각이 아주 막연하게 들었다.

새로 입고된 도시락들을 진열대에 올려놓고 있을 때 휴대폰이 울렸다. 대학교 친구였다. 그 친구는 그다지 친하다고 할 수도 없었고, 그렇다고 안 친하다고 할 수도 없는 사이였다. 같은 학번이긴 했지만 복학 시기가 달랐기 때문에 깊게 친해질 기회가 없었다. 내가 먼저 대학을 졸업하고 사회에 나오면서 자연스럽게 연락도 끊겼다. 아주 뜬금없는 연락에 우연히 날 본 게 아닐까 하는 생각이 들어서 고개를 두리번 거렸지만 아무도 날 보는 사람은 없었다. 난 메시지 앱을 열었다.

〔소개팅 안 할래?〕

〔소개팅?〕

〔내 여자 친구의 절친인데, 괜찮은 남자를 소개해 달라고 부탁을 받아서 말이야. 근데 딱 네가 생각나더라고. 너 혹시 여자 친구 있어?〕

〔아니, 없어.〕

그의 메신저 프로필을 클릭해 보니 그가 여자 친구로 보이는 사람과 얼굴을 맞대고 있는 사진이 떴다. 여자 친구는 꽤 미인이었다. 그러고 보니 이 친구는 대학 때도 인기가 상당히 많았다. 신입생 때부터 여자 선배들에게 불려가 술을 자주 얻어 마셨다는 이야기를 듣고는 나는 왠지 부럽기도 했었다. 난 물론 기숙사에서 남자 놈들과 야식을 먹는 게 전부였지만. 근데 왜 이런 녀석이 갑자기 날 생각해 낸 건지는 알 수가 없었다. 자신의 여자 친구와 시간을 더 갖고 싶어서, 여자 친구의 친구에게 남자 친구를 만들어줄 셈인지도 모른다.

난 그에게 알았다고 답장을 보낸 뒤 도시락을 마저 정리했다. 사실 소개팅은 그렇게 내키지는 않았다. 하지만 딱히 거절할 핑곗거리가 생각나지 않았다. 심지어 소개받을 여자는 내가 사는 곳에서 그다지 멀지 않는 곳에서 산다고 했기에 더욱 거절하지 못했다. 잠시 만나서 저녁 식사라도 하고 오자는 마음이었다.

약속은 그 후 일주일 뒤 토요일 밤이었다. 사실 나는 소개팅은 처음이어서 무엇을 입고 가야 할지 전혀 감이 잡히지 않았다. 자취방 옷걸이에는 전부 낡은 청바지와 셔츠가 매달려 있을 뿐이었다. 난 어쩔 수 없이 회사에 갈 때 즐겨 입었던 정장 바지와 진 요원에게 선물받은 셔츠를 입고 적당한 코트를 몸에 걸쳤다. 약속 장소는 그녀와 내가 사는 곳 중간쯤 되는 사당역이었다. 너무 일찍 도착한 나는 서점에서 이런저런 책들을 들춰보다가 조금 일찍 지하철 출구로 가 그녀를 기다렸다.

그녀는 정확한 약속 시각에 지하철 계단을 통해 올라왔다. 단발머리에 검은 코트를 입고 있었고, 키는 그다지 크지 않은 마른 여자였다. 날씨가 나름 추웠는데 코트 속 그녀의 미니스커트가 눈에 띄었다. 얼굴은 그다지 미인이라고 할 수는 없었고 평범한 느낌이 들었다. 반듯한 단발머리는 그녀를 더 어려 보이게 했다.

그녀와 나는 간단히 인사를 나누고 예약한 식당으로 걸었다. 그 식당은 딱히 유명하지 않은 곳이었지만 깔끔하고 조용했다. 평범한 식당이라 그녀가 실망할 수도 있었지만 나는 그다지 주머니 사정이 좋지 않았으므로 어쩔 수가 없었다. 우리는 그곳에서 돈가스 정식을 주문했다. 그녀는 그다지 배가 고프지 않은지 아니면 이곳의 음식이 입에 맞지 않는지 음식을 조금 먹고는 포크와 나이프를 내려놓았다. 그녀는 말수가 적은 사람이었다. 내가 무언가를 물어보지 않으면 절대 먼저 말을 꺼내지 않았다.

난 음식을 씹으며 각종 질문을 생각해 내야 했다. 나이는 어떻게 되는지,(나보다 두 살 아래였다.) 왜 식사를 별로 안 하는지,(점심을 많이 먹고 와서 그렇다고 했다.) 무슨 일을 하는지,(부모님 사업을 돕고 있다고 했다.) 취미가 무엇인지,(없다고 했다.) 술은 좋아하는지,(맥주를 좋아한다고 했다.) 주량은 어떻게 되는지(그건 모른다고 했다.) 등……. 왠지 난 TV 프로그램 속 진행자가 된 듯한 느낌이 들었다. 게스트는 회사의 권유로 어쩔 수 없이 출연했기에 그다지 즐겁지 않아 보였다. 망한 소개팅이란 이런 분위기일지도 모른다는 생각을 했다.

식사 후 그대로 우리는 역 쪽으로 다시 걸어갔다. 그대로 헤어져야 할지 아니면 커피라도 마시러 가자고 해야 할지 가늠이 잘 안 되었다. 역 앞에서 내가 아무 말 없이 서 있자 그녀가 입을 열었다.

"술 마시러 갈래요? 제가 이번에 낼게요."

그렇게 우리는 적당한 술집을 찾아 다시 걸었다. 역 근처 골목에서 가장 먼저 눈에 보이는 술집으로 들어갔다. 들어가 보니 룸 구조로 된 술집이었다. 난 소주를 시켰고 그녀는 맥주를 시켰다. 안주는 간단한 마른안주를 시키기로 했다. 내가 소주 한 병을 비우는 동안 그녀는 맥주 500cc 두 잔을 깔끔하게 비웠다. 괜찮냐고 물어보았지만, 그녀는 맥주는 취하지 않는다고 했다. 그래서 난 소주 한 병을 더 시키고 그녀는 세 번째 맥주를 주문했다.

맥주를 많이 먹은 탓인지 그녀는 자주 화장실을 갔다. 난 그동안 자리에 앉아 창밖을 보며 시간을 보냈다. 오랜만에 마신 술 때문인지 몸에 열기가 느껴졌다. 시간은 밤 10시가 넘어가고 있었고 내겐 거의 낮이나 다름이 없었다. 평일이라면 편의점에서 새로 들어온 물건을 진열대에 올려놓고 있었을 것이다. 그녀에게는 아르바이트를 하고 있다고 말하지 않았다. 그녀가 물어보지 않기도 했지만, 어차피 이번 만남 이후로 볼 것 같지도 않았기 때문이다.

술집을 나와 아주 자연스럽게 우린 모텔로 향했다. 그녀와 나는 술을 좀 마셨지만 그다지 취하지는 않았다. 그녀와 나는 그날 섹스를 했다. 네 시간 가까이 식사를 하고 술을 마셨지만 어떠한 공통점은 없었던 그녀와 나는 그것만은 꽤 잘 맞았다.

다음 날 일어나니 머리가 살짝 아팠다. 그녀는 아직 이불 속에서 잠을 자고 있었다. 그녀의 작은 어깨가 위아래로 움직이고 있는 게 보였다. 난 담배를 한 개 꺼내 창문을 연 뒤 피웠다. 그리고 샤워를 한 뒤 침대로 돌아가니 그녀가 깨어나 있었다. 아마도 내가 씻는 소리에 깨어난 것 같았다. 그녀는 더 누워 있고 싶어 하는 눈치였지만 난 혼자 있을 마틴이 걱정되어서 그녀에게 가야 할 것 같다고 말했다. 그녀는 일어나 의자 위에 놓인 작은 속옷을 입고 욕실로 가서 간단히 세수하고 양치를 했다. 난 그동안 냉장고에서 물을 꺼내 마시면서 담배를 한 대 더 피웠다.

우린 역 앞에서 인사를 나누고 헤어졌다. 그녀는 택시를 잡아탔고 난 지하철역 안으로 걸어 내려갔다. 그 후로 그녀와 어떠한 메시지를 주고받지는 않았다. 연락해 볼까 하는 생각이 들기도 했지만, 마음이 가지는 않았다.

시간이 꽤 지난 후, 대학 친구에게서 메시지가 왔다.

〔너 너무한 거 아니야?〕

〔왜?〕

〔소개팅했던 애가 너 마음에 든다고 했다는데, 왜 연락도 안 해?〕

〔그런 말 못 들었는데…….〕

〔시간 되면 연락해 봐. 네가 꽤 마음에 들었던 모양이야.〕

〔응, 알겠어.〕

하지만 난 그녀에게 연락을 하지 않았다. 물론 그녀도 내게 연락을 하지 않았다.

*　*　*

아침 8시에 일을 마치고 집으로 가면 마틴은 여전히 침대 위에서 잠을 자고 있었다. 몸을 동그랗게 말고 천천히 숨을 들이마시고 내뱉는다. 이상하게 그 모습을 보고 있으면 마음이 놓였다. 노트북 가방을 내려놓고 마틴에게 밥을 줬다. 마틴은 그제야 기지개를 켜고 일어난다. 마치 다른 세계에서 이쪽 세계로 막 넘어온 듯 꽤 멍한 표정을 지은 채. 마틴은 침대에서 내려와 밥그릇에 머리를 박고 허겁지겁 먹기 시작했다. 난 몇 번이고 마틴을 쓰다듬었다.

그리고 책상에 앉아 편의점에서 가져온, 유통기한이 지나버린 삼각김밥을 뜯었다. 이런 걸 '폐기'라고 불렀는데 편의점 사장은 마음껏 가져가서 먹으라고 했다. 덕분에 아침을 폐기로 때울 때가 많았다. 삼각김밥을 입에 넣으며 노트북을 켜 소설을 썼다. 며칠째 한 페이지에서 머물고 있었다. 전혀 속도가 나지 않았다. 그렇게 두 시간 정도 책상에 앉아 있다가 다시 집에서 나왔다.

며칠 전부터 다니기 시작한 헬스장으로 향했다. 운동을 시작한 이유는 건강을 위해서였다. 밤낮이 바뀌다 보니 컨디션 관리가 필요했다. 밤을 새우고 헬스장에 가는 것은 피곤하긴 하지만, 운동을 하고 나면 기분 좋게 깊은 잠에 빠질 수 있다. 어떠한 꿈 없이.

***

새벽의 편의점에는 사람들이 거의 오지 않지만 그래도 손님이 간혹 오기는 했다. 대부분 술과 태그되어 있는 듯한 사람들이었다. #술에 이미 잔뜩 취해 있는 사람, #술을 먹고 싶이 사리 오는 사람, #술을 깨고 싶어 오는 사람, #술에 취해 술주정을 부리러 오는 사람.

그중에서 당연히 마지막이 최악이었다. 동네에는 키가 크고 꽤 마른 아저씨 하나가 있었다. 그 사람은 앞니 하나가 빠져 있었는데 몸에서는 늘 악취가 풍겼다. 사람들은 그를 반또(반또라이)라고 불렀다. 술이 깨면 나름 정상인 같았지만, 술에 취하면 제대로 이상해졌다. 그런데 그 반또가 하필 오늘 술에 제대로 취해서 비틀비틀 편의점 문을 열었다. 난 노트북을 닫고 긴장을 해야만 했다. 그는 아무것도 사지 않은 채 내부에 있는 의자에 조용히 앉았다.

그렇게 10분 정도가 흘렀다. 할 수 없이 난 그에게 다가갔다. 그는 의자에 앉아서 꾸벅꾸벅 졸고 있었다. 술 냄새가 내 코를 찔렀다.

나는 최대한 숨을 참으며 입을 열었다.

"아저씨, 여기서 주무시면 안 돼요."

"다롤……."

"네? 아저씨, 이곳에서 주무시면 안 된다고요. 나가세요."

"판다 머리였어……."

그는 분명 판다 머리라고 말하고 있었다.

"뭐라고요?"

"판다 머리 남자였다고."

그가 몇 달 전 나를 본 것일까. 아니면 새롭게 판다로 변해 버린 남자를 본 것일까. 난 궁금해서 그에게 물어보았다.

"언제요?"

"옛날에……."

그는 다시 눈을 감고 잠에 빠져들었다. 그가 본 건 어쩌면 정말 나의 모습이었는지도 모른다는 생각이 들었다. 어떻게 그는 나를 본 것일까. 우연히 길을 걷다가 강남으로 향하는 나를 본 것일까. 더 자세히 물어보고 싶었지만, 그에게서 냄새가 너무 심하게 나서 물러설 수밖에 없었다. 그를 다시 몇 번이고 깨웠지만 절대 나갈 생각을 하지 않았다. 강제로 끌어내면 난동을 부릴 것만 같았다. 어쩔 수 없이 그냥 알아서 나가길 기다려보기로 했다.

그렇게 20분, 30분이 지나갔다. 다음 손님은 냉장고에서 커피 한 캔을 꺼내고 내게 다가와 말했다.

"어머, 경찰 불러야 하는 거 아니에요? 저 아저씨 바닥에서 누워 자고 있다고요."

"네? 아, 네. 조금 전에 불렀습니다."

"저 아저씨, 또 술 마셨구나. 쯧쯧쯧. 저번에는 우리 집 현관문 앞에서 노상 방뇨하고 그대로 자고 있었어요. 어휴."

"아……."

그 손님은 담배 한 갑과 커피를 계산하고 서둘러 나가버렸다. 난 어쩔 수 없이 경찰을 불렀고 10분 정도가 지나서야 편의점 앞에 경찰차가 도착했다. 파란 불빛과 빨간 불빛이 어두운 거리를 물들였다. 남자 경찰관 둘이 차에서 내렸다. 한 사람은 50대 정도로 보이는 경찰관이었고, 한 명은 나와 비슷한 나이대의 경찰관이었다. 그 둘은 편의점 안으로 들어와 잠이 들어 있는 아저씨에게 다가갔다.

젊은 경찰관이 그에게 말했다.

"이 아저씨 또 이런 데서 자고 있네. 아휴. 어이, 이러면 안 돼요. 영업 방해예요. 어서 나가요."

"시발! 내버려 둬!"

반또 아저씨는 경찰관의 팔을 뿌리치며 말했다. 이번에는 나이 많은 경찰관이 그에게 다가가 입을 열었다

"어이, 이 씨. 집에 갑시다. 데려다줄게요."

"여기가 내 집이야! 가긴 어디를 가!"

"여긴 편의점이에요."

"여기 내 별장이야!"

"하…… 냄새, 어서 데리고 나가자고"

"시발, 놔! 이 어린놈의 새끼가"

그렇게 실랑이가 벌어졌고 옆에 있던 컵라면과 과자들이 우르르 떨어졌다. 힘겹게 경찰관들이 반또 아저씨를 끌고 나갔다. 그를 차에 태우고 내 나이 또래로 보이는 경찰관이 다

시 들어와 캔 커피 두 개를 계산대에 올려놓았다. 난 떨어진 물건을 정리하다가 계산대로 돌아와 바코드를 찍었다.

젊은 경찰관은 카드를 건네며 말했다.

"엉망이 됐네. 죄송해요."

"괜찮아요, 제가 정리하면 됩니다."

"아휴…… 저 양반 골치 아프네."

"2,000원입니다."

난 카드를 받아 계산을 하고 다시 그에게 돌려주었다.

"아, 네. 수고하세요."

그는 자연스러운 미소를 지으며 편의점을 빠져나갔다. 경찰복을 입고 있으면 나도 저렇게 자연스러운 미소를 지을 수 있을까 잠시 생각했다.

나는 경찰차가 사라질 때까지 가만히 서서 그곳을 응시했다. 이내 경찰차가 사라지자 거리는 다시 죽은 듯이 조용해졌다. 그제야 난 떨어진 물품들을 마저 정리하고 캔 커피 하나를 꺼내 바코드를 찍었다. 그리고 밖으로 나가 담배에 불을 붙였다. 하늘에 둥근 보름달이 선명하게 떠 있었다. 이상하게 문득 이런 생각이 들었다. 이번 달만 채우고 이곳을 그만두자고. 그 술 취한 반또가 무서웠다거나 그런 건 아니었다. 그저 내가 이곳에 숨어 있는 것 같은 느낌이 들었기 때문이다. 이대로는 달라지는 게 없을 것만 같았다.

그날은 이상하게 글이 잘 써졌다. 난 한동안 집중해서 글을 썼다. 시간은 새벽 3시가 넘어가고 있었다. 나는 소설을 쓰다가 잠시 졸고 말았다. 그리고 문에 매달린 종소리에 놀라 반사적으로 일어나 문 쪽을 향해 인사했다.

"어서 오세요."

문 앞에는 익숙한 그녀가 서 있었다. 나는 놀라서 입을 다물지 못했다. 그녀는 나를 보며 미소를 지었다. 그 미소를 보니 이게 꿈이 아니라는 걸 알 수 있었다. 난 안심했다. 그리고 이내 나도 웃었다. 그녀를 향해.

판다 베어

2022년 10월 27일 초판 1쇄 발행

지은이 주노
펴낸이 박시형, 최세현

책임편집 김명래 **디자인** 임동렬 **교정교열** 이민영
마케팅 양봉호, 양근모, 권금숙, 이주형 **온라인마케팅** 신하은, 정문희, 현나래
디지털콘텐츠 김명래, 최은정, 김혜정 **해외기획** 우정민, 배혜림
경영지원 홍성택, 이진영, 임지윤, 김현우, 강신우
펴낸곳 팩토리나인 **출판신고** 2006년 9월 25일 제406-2006-000210호
주소 서울시 마포구 월드컵북로 396 누리꿈스퀘어 비즈니스타워 18층
전화 02-6712-9800 **팩스** 02-6712-9810 **이메일** info@smpk.kr

ⓒ 주노 (저작권자와 맺은 특약에 따라 검인을 생략합니다)
ISBN 979-11-6534-644-7 (03810)

쌤앤파커스(Sam&Parkers)는 독자 여러분의 책에 관한 아이디어와 원고 투고를 설레는 마음으로 기다리고 있습니다. 책으로 엮기를 원하는 아이디어가 있으신 분은 이메일 book@smpk.kr로 간단한 개요와 취지, 연락처 등을 보내주세요. 머뭇거리지 말고 문을 두드리세요. 길이 열립니다.